Brigitte Jünger

Monster

Brigitte Jünger

wurde 1961 in Köln geboren. Sie studierte Germanistik, Kunstgeschichte und Psychologie und arbeitet als Autorin und freie Journalistin für mehrere Rundfunkanstalten in Deutschland. Sie macht Hörfunkbeiträge zu Themen wie Musik, Kunst, Religion, Zeitgeschichte, Naher Osten und das Zusammenleben verschiedener Kulturen.

Seite 41: Reiner Kunze, rudern zwei. Aus: ders., gespräch mit der amsel
S.Fischer Verlag GmbH, Franfurt am Main 1984

ISBN 978-3-7026-5959-2
1. Auflage 2021

Einbandgestaltung: b3k

Druck und Bindung: Buch Theiss GmbH, A-9431 St. Stefan

Wir legen Wert auf nachhaltige Produktion unserer Bücher und arbeiten lokal und umweltverträglich: Unsere Produkte werden in Österreich nach höchsten Umweltstandards gedruckt und gebunden. Wir verwenden ausschließlich schadstofffreie Druckfarben und zertifizierte Papiere.

Brigitte Jünger

Monster

Jungbrunnen

1

Felix war der Letzte, der das Schwimmbad verließ. Er rannte die Treppen zum Ausgang hinunter, nahm immer zwei Stufen gleichzeitig. Die schwere Glastür fiel mit einem lauten Knall hinter ihm ins Schloss. Da hatte er die Straße schon erreicht, schlug nach wenigen Metern einen Haken nach rechts und bog unmittelbar danach in die nächste Querstraße ein. Niemand weit und breit! Waren sie alle schon weg? Felix wunderte sich nur kurz, denn im nächsten Moment fuhr der Bus, auf den er sonst immer warten musste, in die Haltestelle ein. Ungeduldig starrte er auf die sich langsam und ächzend öffnende Fahrzeugtür, sprang hinein und stürmte sogleich nach hinten durch.

„He, Freundchen! Fahrausweis?"

Felix stoppte abrupt, kramte seinen Schülerausweis aus der Jackentasche und ging zurück nach vorne.

„Auch wenn's die letzte Fahrt ist, umsonst ist der Tod", sagte der Busfahrer, warf einen kurzen Blick auf Felix' Ausweis und nickte dann, weil alles okay war.

Die Letzte? Wieso die Letzte? Jetzt erst bemerkte Felix, dass der Bus leer war wie sonst nie. Er ließ sich auf einen Sitz in der letzten Reihe fallen und fühlte sich plötzlich merkwürdig ausgebremst. Vielleicht hätte er nach Hause *laufen* sollen. Jetzt saß er hier fest und kam sich vor, als hätte er das normale Raum- und Zeitkontinuum verlassen und wäre unvermittelt in eine andere Galaxie katapultiert worden. Alles fühlte sich anders und fremd an, und doch gab es auch hier einen Bus, den Fahrer, die blauen Sitze, die gelben Stangen und die grauen Haltegriffe, die von oben herunterbaumelten. Felix begann sie abzuzählen, sprang mit den Augen von Griff zu Griff, immer weiter nach vorne, wo es schwer wurde, die einzelnen Dinger auseinanderzuhalten. Waren das zwei oder war es nur einer, da rechts, fast beim Fahrer? Egal, Felix wanderte auf der linken Seite zurück, es kam nicht drauf an. *Vier-*

undfünfzig? Er startete seine Abzähltour noch einmal. In der Dämmerung nahm er die Felder, die draußen vorbeizogen, nicht wahr. Er zählte weiter, unterbrochen nur von der Stimme der Haltestellenansage, die ihn jedes Mal zusammenzucken ließ. Wieso war sie so viel lauter als sonst? Der Bus erreichte die nächste Ortschaft und der Fahrer schaltete in der Kurve einen Gang hinunter. Kein Mensch weit und breit. An der nächsten Haltestelle wurde der Bus nur langsamer, er hielt gar nicht mehr richtig an, denn kein Mensch wollte hinein oder hinaus. Lavendelweg. *Nicht meine.* Er hätte jetzt aussteigen können, um wenigstens das letzte Stück zu laufen, doch da gab der Bus schon wieder Gas. Zu spät. *Lauter falsche Entscheidungen.* Felix schaute aus dem Fenster und wünschte sich plötzlich, es würde immer so weitergehen, fahren, schauen, zählen. Ein Leben im Unterwegs, eingefroren auf drei unvermeidliche Tätigkeiten, die ihn zu einer neuen Spezies machten, einem komplett leeren Augenwesen, das ohne jeden Gedanken an ein Vorher und ein Nachher auskam.

Dahlienweg. *Warum ist die Tonbandstimme heute nur so laut?* Felix drückte schnell auf den Aussteigeknopf. Im nächsten Moment bremste der Bus und das zischende Geräusch der Türen schnitt ihm ins Trommelfell. Er ging ein paar Schritte, dann schrie die Amsel ihren Abendruf aus den Bäumen herüber, den sie der Welt bei einbrechender Dunkelheit hinterließ. *Wer hat all die Geräusche so hochgetunt?*

Felix bog in den Geranienweg ein und begann die Platten auf dem Gehweg zu zählen. Zufällig traf sein Blick das Straßenschild, und während er weiter zählte, kam ihm ein anderer Gedanke in den Kopf. Er erinnerte sich, dass er früher immer gedacht hatte, es hieße Geraniehnweg anstatt Gerani-enweg. Dabei war er damals schon im zweiten Schuljahr. Gerade hierhergezogen und neu. Mit hochgezogenen Schultern lief er weiter die stille Straße entlang. *Dreiundsechzig.* Die Einfamilienhäuser klebten aneinander wie Streichholzschachteln in der Verpackung. Typisch

Vorort, verschlafene Ödnis. Er hatte schon damals gewusst, dass er sich nie daran gewöhnen würde. *Nicht meine Entscheidung!* Pah, selbst die Worte in seinem Kopf klangen lauter als sonst. Links tauchte der Magnolienweg auf. *Diese bescheuerten Blumen.* Felix begann von Neuem zu zählen, auch wenn er die Platten kaum noch richtig sehen konnte. Alles war besser, als an das Schwimmbad zu denken. Die Dusche. *Vierunddreißig, fünfunddreißig, sechsunddreißig.* Es kostete Mühe, aber es funktionierte. Noch vier Häuser, dann hatte er seine Schachtel erreicht. Sie lag fast vollständig im Dunkeln. Ein dünner Lichtstreifen aus dem Inneren bahnte sich seinen Weg bis zum Küchenfenster, das neben der Haustür lag. Mama saß vor dem Fernseher. Felix schloss vorsichtig die Tür auf und versuchte leise zu sein.

2

„Felix?" Er hatte gerade seine Schuhe abgestreift und wollte die Holztreppe nach oben in sein Zimmer gehen, da fing ihn die Stimme der Mutter ein. „In der Küche sind noch Tortellini im Topf, kannst du dir warm machen. Ich komme nicht mehr hoch, bin total k.o."

Die vertraute Stimme, der entfernte Geruch nach irgendeinem Parfüm, das sie ins kleine Klo neben der Treppe verbannt hatte, die Stimmen aus dem Fernseher. Diese Normalität schnürte Felix die Luft ab. Alles war wie immer, nur er war ein anderer. Ein Ausgestoßener. Diese Erkenntnis zog sich schmerzhaft durch seinen ganzen Körper, vom Hals bis in die Eingeweide. Messerscharf.

„Felix? Kommst du? Der Millionär ist noch dran, hat heute eine Extrasendung. Du bist spät." Er setzte sich auf eine der hölzernen Stufen gegenüber der Wohnzimmertür und schloss die Augen.

„Komme gleich."

Die Arme um seinen Körper geschlungen, versuchte er den toten Punkt in seinem Inneren zu überwinden. Ein riesiger Graben lag zwischen ihm und allem, was hier vertraut und selbstverständlich war. *Wie soll ich diesem Schlund entkommen?* Gleichzeitig war es nur ein kleiner Schritt, denn nur er wusste davon. Dass er ein Fremder geworden war in diesem Haus, in einer dieser Blumenstraßen, in dieser Welt. Die Normalität um ihn herum war die Gleiche geblieben. Vielleicht musste er es nur schaffen, so zu tun, als wäre sie auch für ihn weiter normal.

„Kommst du?“ Wieder Mamas Stimme. „Die achttausend Euro Frage: Wer wurde 1976 in Montreal Weltmeister über hundert Meter Freistil der Männer? James Montgomery, Jerry Heidenreich, Wladimir Bure oder -?“

„Mark Spitz.“

Ein Name, eine Brücke hinüber auf die andere Seite der Welt. Felix gab sich einen Ruck, stand auf und ging in die Küche, um sich die Tortellini warm zu machen. Er stellte erleichtert fest, dass er das noch konnte. Als er mit dem Teller ins Wohnzimmer ging, war die Schwimmerfrage glücklicherweise längst abgehakt. Er setzte sich zu Mama aufs Sofa, legte seine Füße auf den Couchtisch und begann zu essen. Mama rückte näher und strubbelte ihm durchs Haar.

„Na, alles okay, Großer?“

Felix riss seinen Kopf so heftig zur Seite, dass die Tortellini vom Teller aufs Sofa schwappten. Er sprang auf und knallte den Teller auf den Tisch.

„Mensch, spinnst du denn?“ Mama schaute erschrocken, aber mehr noch empört, und sprang dann ebenfalls auf, lief in die Küche und holte einen Wischlappen. Da war Felix schon aus dem Zimmer gestürmt und die Treppe hinauf in sein Zimmer gerannt. *Keine verdammte Berührung*, hämmerte es in seinem Kopf. Das mit der Brücke war vorerst ein Irrtum.

3

Unter Wasser atmen. Seit ich die ersten Züge durchs Wasser gemacht habe, als ich noch ein kleiner Junge war, habe ich diesen Traum. Abtauchen, wegschwimmen, nicht zurückkehren. Durchs Wasser gleiten, widerstandslos, immer weiter durchs Grünblau, aufmerksam jede Regung zwischen den Algen und den verschwommen auftauchenden Felsen betrachten. Leicht sein und völlig eins mit dem Wasser. Jetzt, unter der Bettdecke, ist es ganz einfach, sich das vorzustellen. Seegras kitzelt mich am Bauch und ein Korallenfisch kommt um die Ecke und schaut mir erstaunt in die Augen. Mama wollte nie nach Griechenland in den Urlaub. Zu teuer. Aber ich sehne mich danach, zu schnorcheln und mit den Fischen zu schwimmen. Das machen immer nur die anderen. Unten schlägt Mama die Wohnzimmertür zu. Sie ist immer noch wütend. Wahrscheinlich. Dass sie mir hinterherläuft und hier in meinem Zimmer auftaucht? Ne, das macht sie nicht. Sie läuft einem nie hinterher. Seit Papa weg ist, reagiert sie auf irgendwelche Wutausbrüche mit Eiseskälte. Tür zu und Schluss. Okay, manchmal kann sie auch ausflippen. Das war scheiße, die Tortellini auf dem Sofa und dem Teppich. Sie wollte ja nur lieb sein. Ich weiß es ja, es ist einfach nicht fair. Sie ist doch die Einzige, mit der immer alles gut geklappt hat.

4

Endlich konnte er weinen. Über alles. Über Mama, aber am meisten über sich selbst. Wie in einem Tunnel lief die Zeit in Sekundenschnelle im Rückwärtsgang und wieder stand er im Schwimmbad unter der Dusche. Weller hatte ihn länger trainieren lassen als die anderen. Der nächste Wettkampf stand in wenigen Wochen bevor. Erschöpft stand er endlich unter der heißen Dusche. – Cut! – Er wollte nicht länger hinschauen. Hier war Schluss.

5

Das Heft, die leere Seite, der Stift. Die Linie irrt umher und weigert sich, irgendeine Gestalt anzunehmen. Wie soll man einen Geruch zeichnen? Die Starre? Den Ekel? Wieso gelingt mir überhaupt gar nichts? Die Wut über mich selbst fließt in die Mine des Stiftes und kritzelt alles weg. Den Spind, das Handtuch, die Stille. Wieso war eigentlich niemand mehr da gewesen? Ich kritzele weiter und aus den wilden Strichen wird ein Gitter, ein Gefängnisgitter. Ich sperre alles in dieses tiefe, dunkle Verlies. Soll er dort verrecken.

6

Felix erwachte vom Gekeife der Krähen und Elstern, die sich im Baum vor seinem Fenster ein lautstarkes Wortgefecht lieferten. *Seid ihr bescheuert?!* Er warf die Bettdecke von sich und fasste sich unter den nass geschwitzten Pulli. Kein Wunder, wenn man mit allen Klamotten ins Bett geht! Halb acht. Er sprang auf und ging unter die Dusche. Zehn Minuten später kam er hinunter in die Küche, wo Mama schon saß und durch die Zeitung blätterte. Sie schaute kurz auf, sah dann aber wieder auf das Papier vor sich. Felix nahm sich einen Kaffee und setzte sich ihr am Tisch gegenüber.

„Sorry."

Sie wusste, was er meinte, schaute aber nicht auf, sondern blätterte die Seite um, die sie gerade überflogen hatte. Dann erst blickte sie auf und landete punktgenau in seinen Augen. „Dein nasses Schwimmzeug steht auch immer noch im Flur."

Er schaute hinunter in seinen Kaffeebecher und nickte.

„Ich geh nicht mehr."

„Schwimmen?"

Er hatte sie aus dem Konzept gebracht. Merkte man deutlich. Das gefiel ihr nicht.

„Nach sieben Jahren Training taugt der Sport jetzt plötzlich nicht mehr?! Ist irgendjemand besser als du?“

„Ja, klar!“ Sofort war die Wut wieder da. Felix stand abrupt auf, schnappte sich seine Tasche und lief aus dem Haus. *War ja klar. War ja sowas von klar.*

7

Am Schultor hatten es die Fünfer, wie immer, besonders eilig. Sie wimmelten herum, mussten noch dieses und jenes erledigen und quasselten ohne Unterlass. Im Gegensatz dazu schlurfte Felix mit einer Schicksalsergebenheit durch das Gewusel auf dem Hof, die eine Gruppe Siebener für besondere Lässigkeit hielt und aus den Augenwinkeln heraus neiderfüllt bewunderte. Er war immerhin so etwas wie der Star der Schule, denn er hatte sie bei der letzten Schwimmmeisterschaft zum Stadtsieger gemacht und es sogar zu einer Erwähnung auf der Lokalseite der Zeitung gebracht. Felix nahm keine der herumstehenden Schülergruppen sonderlich wahr. Sie waren die Staffage, die zu jedem Schultag dazugehörte. Er ging über den Hof, ohne auf den Weg zu achten, den er schon tausende Male gegangen war, vertieft in die Frage, ob man ihm eigentlich etwas ansah. So lief er auf den rechteckigen Schulbau zu, vier Reihen Fenster übereinander, ein Eingang rechts, ein anderer links, dazwischen eine Reihe vernachlässigter Sträucher, zwischen denen Coladosen und Papier vergammelten. Genauso fühlte er sich auch. Benutzt. Man musste es ihm doch ansehen! Es stand doch in großen Buchstaben auf seiner Stirn geschrieben, für jeden sichtbar: Ich bin ein Dreck. Aber niemand beachtete die rotglühende Flammenschrift.

„Hey, Hummuckel!“

Noch ehe Felix das Schulgebäude erreicht hatte, umschlangen zwei dicke Arme die Mitte seines Körpers und das dazugehörige Gesicht drückte sich fest in seinen Bauch. Er roch nach Gummibärchen und war wie immer voll guter Laune. Felix sog seinen Geruch ein und drückte ihn ebenfalls.

„Hallo Juri, altes Haus."

Der Junge hielt Felix weiter umklammert, hob aber nun den Kopf und sah zu ihm auf. „Quatschkopf du! Du dünner Hering. Ich bin doch ein junges Haus."

Er schmatzte beim Sprechen und die Worte kamen mit Pausen zwischen den Buchstaben aus seinem Mund. Dann hob er seine geschlossene Faust und Felix reagierte sofort und hielt ihm seine entgegen und sie klatschten sich ab, Faust an Faust. Gleich darauf fuhr Juri den Zeigefinger seiner rechten Hand aus und sagte:

„Weißt du, dass Heringe die Lieblingsspeise vom Haifisch sind?" Er grinste.

Felix grinste mechanisch zurück.

„Du hast wohl mal im Unterricht aufgepasst oder wie kommst du darauf?"

„War gestern im Fernsehen", antwortete Juri. „Die sind soooo gruselig, wenn die das Maul aufreißen!" Er schüttelte sich. „Zum Glück bin ich kein Hering, sondern Astronaut!"

„Astronaut?! Und wo sind dein Raumanzug und dein Helm?"

Juri stemmte seine Fäuste in die Hüfte.

„Brauch ich doch nicht! Wenn die Erde der Mond ist, kann ich doch ganz einfach Sauertopf atmen."

„Sauerstoff!"

Juri schlenkerte mit seinen Armen. „Ja, genau, sag ich doch. Du Besserwürstchen." Er hob die Faust und sie klatschen sich wieder ab. „Bis dann", sagte Juri, „und schwimm nicht so weit raus, okay!" Im nächsten Augenblick breitete er seine Arme aus und lief als Flugzeug in Richtung des Schulhauses davon. Dabei zog er Schleifen nach links und nach rechts direkt auf die Gruppe der Siebener zu, die auseinanderstoben und „Spasti!" riefen. Felix sah ihm grinsend hinterher.

Ein einziges winziges Gen hatte Juri zu einem lebendigen Beispiel dafür gemacht, dass eben nicht alle Menschen auf die gleiche Weise normal waren. Aber was hatte seine Normalität für unglaubliche Vorteile! Für ihn gab es keine unsichtbaren Mauern, die andere selbstverständlich umgaben. Er trat auf jeden ohne Scheu zu und sagte, was er sagen wollte. Oder stellte sich zu einer Gruppe, die ihn auf irgendeine Weise anzog, einfach dazu, sagte Hallo und war dabei. All die tausend Bedenken, die jeder andere mit sich herumschleppte, schienen für ihn nicht zu existieren. Außerdem hatte er oft so eine Art siebten Sinn für das, was mit den anderen los war. Als besäße er einen geheimen Draht in das Innere der Menschen. Es war schwer, etwas vor Juri zu verheimlichen.

Felix hatte zuerst einen Schreck bekommen, als Juri da eben auf ihn zu gekommen war. Aber wenn selbst er nichts gemerkt hatte, dann konnte Felix ziemlich sicher sein, dass niemand etwas bemerkte. Juris Seismografenblick konnte durchaus unangenehm sein – wie überhaupt der ganze Juri mit seiner tapsigen Gestalt, den schrägen Augen und dem meist offen stehenden Mund nicht überall auf große Gegenliebe stieß. *Mongo* war noch die harmloseste Bezeichnung, die die Schüler hinter seinem Rücken benutzten. Felix mochte ihn exakt deshalb, weil er anders normal war. Er war ein Lichtblick, genau wie Dahlmeier.

Heute hätte er diesen Lehrer wirklich gebraucht. Einfach weil er so war, wie er war. Aber heute hatten sie kein Deutsch. Als Felix das Schulgebäude betrat, schaute er sich suchend um, ob er die schlenkernde Gestalt Dahlmeiers nicht irgendwo auf den Gängen entdeckte. Schon von Weitem fiel auf, dass ihm das Gehen Mühe machte. Das rechte Bein schien bei jedem Schritt gegen einen Widerstand anzugehen und funktionierte nur mit Verzögerung. Humpelnd lief er herum, wobei sein rechter Arm leblos an der einen Seite seines Körpers herunterhing. Nach einem Unfall vor etlichen Jahren war der Arm zu nichts mehr zu gebrauchen und fristete sein Dasein als lästiges Anhängsel. Aber die öde Wüste des Schulalltags öffnete sich einen Spalt weit, wenn Dahlmeier für den Deutschunterricht in die Klasse kam. Wenigstens ein Blick auf diesen Lehrer hätte Felix heute Morgen Mut gemacht. Als er kurze Zeit später das Klassenzimmer betrat, war alles wie immer. Marius feilte seine Fingernägel. Einar schaute in sein Heft und ging noch mal seine ellenlange Hausaufgabe durch, um gleich mindestens einen schlauen Satz raushauen zu können. Vince lag halb auf seinem Pult und hörte Musik. Hamid war in ein Buch versunken. Pufu, mit dem Felix manchmal zusammen Ballerspiele und Waldläufe machte, hob kurz seine Hand und Alva schaute ebenfalls zu ihm herüber, wechselte von der Kippel- in die normale Sitzposition und lächelte. Lächelte so einfach und so selbstverständlich, wie sonst niemand hier. Felix war sogleich wieder verunsichert. Sollte das alles wirklich bedeuten, dass er einfach so weitermachen konnte wie vorher? Niemand reagierte anders als sonst. Keiner sagte: Felix? Wieso bist du heute so anders? Felix, wieso bist du heute so ein Häuflein Asche und nicht mehr der strahlende Schwimmheld?

Er sank an seinem Platz auf den Stuhl, dann kam der Teschner herein und sie hatten Mathe. So ein Mist. Felix holte sein Heft heraus und schaltete im gleichen Moment ab. Er beobachtete die Spinne, die schon gestern begonnen hatte, in der rechten Ecke des mittleren Fensters ihr Netz zu weben. Jetzt saß sie dick und fett mittendrin und Felix wunderte sich, dass Manu noch nicht in hysterisches Gekreische ausgebrochen war. Aber sie saß mit dem Rücken zum Fenster und hatte die Spinne wahrscheinlich noch gar nicht gesehen. Er begann wieder zu zählen, die Fenster, die Rahmen, die Griffe, die Vorhänge. Kleine Fische. Er wanderte hinüber zu den Fliesen an der Wand mit der Tafel, die schon eine größere Herausforderung waren und versuchte, nicht aus der Spur zu geraten. Mathe fand irgendwo in einem anderen

Universum statt und er bekam nicht mit, dass der Teschner ihm schon zum zweiten Mal die gleiche Frage stellte.

„Felix! Würdest du dich eventuell zu einer Antwort herablassen?" – Pause. – „Felix! Bist du bekifft oder einfach nur gewohnheitsmäßig abwesend?" Der Teschner hob das Mathebuch vom Pult und ließ es im nächsten Moment mit einem lauten Knall auf die Tischplatte fallen.

Schwerfällig veränderte Felix seine Sitzposition und sagte: „Keine Ahnung."

Die Jungs in der hinteren Reihe lachten anerkennend, aber gerade noch so, dass sie keine Aufmerksamkeit auf sich zogen.

Der Teschner sagte: „Okay, Einar, hast du vielleicht das, was diesem Herrn hier fehlt?" Er hatte.

8

Alva wartete in der Pause am Zaun auf ihn. Sie lächelte. So einfach und schön wie ein Lächeln sein konnte, das ohne Hintergedanken am Horizont aufsteigt und strahlt. Felix war jedes Mal aufs Neue erstaunt, dass es ihm galt. Immer noch. Auch über die Selbstverständlichkeit, mit der sie jetzt in der Pause gemeinsam über den Hof Richtung Raucherecke schlenderten. Geraucht wurde dort zwar schon lange nicht mehr, aber in dieser Ecke, hinter dem Hauptgebäude, entging man den jüngeren Schülern, die auf dem Hof herumrannten oder Fußball spielten.

„Der Teschner hat voll den Knall", sagte Alva.

Felix grinste. Rührend, dass sie immer noch daran dachte, war doch schon zwei Stunden her. „Ach, der dumme Hund. Aber man weiß immer, woran man bei ihm ist."

Alva sah kurz zu ihm herüber und jetzt war sie es, die grinste.

„Ach, du steckst den einfach in deinen imaginären Zwinger und da kann er dann so lange bellen, wie er Lust hat? Ziemlich brillant!"

Felix griff in die Tasche seines Parkas und holte ein abgegriffenes Heft heraus, blätterte darin und reichte Alva im Gehen die aufgeschlagene Seite. Sie blieb stehen und betrachtete die Karikatur. „Nicht dein Ernst! Wieso kannst du so gut zeichnen? Dieser Köter mit den gefletschten Zähnen ist dem Teschner wie aus dem Gesicht geschnitten!“ Sie fing an zu blättern, sah sehr viel Gekritzel, aber auch ein Rotkehlchen, einen Totenkopf und verschiedene verdrehte Figuren, doch da nahm Felix ihr das Heft schnell wieder aus der Hand und ließ es zurück in die Parkatasche gleiten.

„Ist ja nur so eine Kritzelei.“

Er wusste nur zu gut, dass es leider nicht immer so leicht funktionierte wie beim Teschner. Sie hatten die Raucherecke erreicht.

„Dreamteam, da seid ihr ja endlich! Wollt ihr auch einen Lolli?“ Vince nahm seinen kugelrunden Lutscher aus dem Mund und hielt Alva und Felix die Tüte mit den gestreiften Zuckerdingern hin. Dann steckte er seinen eigenen wieder in den Mund, saugte daran und tat im nächsten Moment so, als würde er Rauch aus dem Mund blasen.

„Kannst du dich immer noch nicht damit abfinden, dass Rauchen auf dem Schulgelände verboten ist?“, fragte Alva und verdrehte die Augen. Vince lutschte weiter genüsslich an seinem Lolli und schob ihn dann in eine seiner Backentaschen.

„Es ist und bleibt Freiheitsberaubung“, dozierte er wie ein Universitätsprofessor. „Sind wir nicht vierzehn und dürfen unsere Religion frei wählen, allein in Urlaub fahren und uns an allen sichtbaren und unsichtbaren Stellen piercen lassen? Nicht zu vergessen: Niemand kann uns verbieten, Sex zu haben! Schon mal etwas davon gehört?“ Vince lächelte sein boshaftes Lächeln, bei dem eine seiner Augenbrauen bis zum Haaransatz in die Höhe rutschte. Felix wich seinem Blick aus. Die Aufzählung, die Vince ihnen unter die Nase gerieben hatte, verursachte ihm Übelkeit. Der Blödmann hatte doch überhaupt keine Ahnung! Felix setzte sich auf das Mäuerchen, das die Raucherecke begrenzte und hatte alle Mühe, das geheime Verlies in seinem Inneren unter Kontrolle zu halten. Einar, der sich sichtlich langweilte, sagte: „Oh, Mann, diese Diskussion schon wieder! Willst du wirklich zum hundertsten Mal über den Sinn oder Unsinn von Rauchverboten diskutieren? Damit hast du uns alle doch lange genug genervt!" Pufu konnte ihm nur zustimmen. „Kannst du dich vielleicht endlich mal damit abfinden, dass es einfach Regeln gibt, die auch du einhalten musst? Regeln, die Sinn machen! Rauchen ist schließlich sowas von Scheiße." Er hatte ebenfalls einen Lolli in der Hand und steckte ihn nach diesen drei Sätzen entnervt wieder in seinen Mund.

„Aber die Freiheit! Leute, denkt doch mal nach: die Freiheit!" Vince hatte sogar mal erwogen, eine Klage bei der Schulbehörde einzureichen, um seine Rauchfreiheit zu erlangen. Doch zum Glück hatten die anderen ihn von der Nutzlosigkeit einer solchen Aktion überzeugen können. Hamid, der keinen Lutscher brauchte und nur selten etwas sagte, sah zu Vince hinüber, aber eigentlich sah es eher so aus, als würde er durch ihn hindurchschauen.

„Freiheit ist doch nicht dafür da, dass jeder machen kann, was er will."

Vince' Augenbraue rutschte wieder nach oben.

„Unser persischer Klugscheißer! Der hat ja mal wieder ganz genau aufgepasst. Persisch oder war es arabisch? Wo kommst du noch mal her?" Es war zwecklos, Hamid provozieren zu wollen. Der schaute nur auf die Spitzen seiner abgewetzten Sneakers und sagte trocken: „Ich bin Deutscher, in Köln geboren, wie du. Schon vergessen?"

Vince hob die Hände und spuckte den abgelutschten Stiel seines Lollis auf den Boden.

„Okay, okay, ich will euch nicht die Laune verderben. Ihr seid die Guten und ich hab mal wieder die Arschkarte gezogen. Lasst uns den Mantel des Schweigens über dieses Gerede ausbreiten. Gleich haben wir Englisch und die Klausur wird sicher nicht einfach."

Man konnte über Vince denken, was man wollte, wenigstens wusste er, wann er aufhören musste. Aber er schickte noch etwas hinterher: „Übrigens, Leute, nicht vergessen, nächste Woche Samstag steigt endlich die Fete bei mir. Schreibt es euch rot in den Kalender!"

9

Nach der siebten Stunde war es diesmal Felix, der am Schultor stand und wartete, ob Alva noch kommen würde. Sie hatten nie darüber geredet, nichts vereinbart und kannten sich auch erst seit einem halben Jahr, als sie neu in die Klasse gekommen war. Trotzdem gab es diese stille Übereinkunft, dass einer auf den anderen wartete, um das Stück Weg gemeinsam nach Hause zu gehen, das sie miteinander teilten. Es passte einfach und fühlte sich gut an. Aber sie war nirgendwo zu sehen.

„Na, wie lief es?"

Vince schon wieder! Er blieb einfach vor ihm stehen. Aber vielleicht wusste er, wo Alva blieb. „Sind alle fertig mit der Klausur?" Zusammen mit der Frage warf Felix einen schnellen Blick über den Schulhof und die Schüler, die dem Ausgang entgegenströmten.

„Ich war der Letzte", antwortete Vince. „Gehst du ein Stück mit?"

Felix hatte eigentlich keine Lust, den Heimweg zusammen mit Vince anzutreten, aber er fürchtete, sich möglicherweise wieder irgendeinen dummen Kommentar anhören zu müssen, wenn er es nicht tat, von wegen *Romeo wartet lieber noch* oder etwas Ähnliches. Vince konnte sowas raushauen und lag damit doch vollkommen daneben. Außerdem wusste Felix ja tatsächlich nicht, ob Alva überhaupt noch kommen würde. Wie blöd, jetzt war doch Wochenende.

Kaum hatten sie die Schule hinter sich gelassen und waren um die nächste Ecke gebogen, hielt Vince an einem Betonpoller an, setzte sich und holte seinen Tabak aus der Tasche. Felix beobachtete, wie er das Papierchen aus dem Beutel zog, Tabak darauf streute und beides mit geschickten Fingern in eine ordentliche Zigarette verwandelte. Vince betrachtete sie noch einmal und sah dann Felix an, als warte er auf eine besondere Belobigung.

„Kann ich mir auch mal eine drehen?"

„Echt jetzt?" Vince zögerte einen Moment. „Bisher reichte dir doch dein umwerfender Charme! Gib's zu, ohne den hättest du keinen einzigen Wettkampf gewonnen."

Felix war nicht nach Scherzen zumute.

„Vor allem, weil dieser Charme unter Wasser so besonders gut zur Geltung kommt!"

Oh, Mann, der war gut. Normalerweise fiel Felix die passende Antwort immer erst ein, wenn er abends im Bett lag.

„Okay." Vince zündete sich seine Zigarette an und gab Felix den Tabak. „Ich sehe, dass du dich auf deinen Charme wohl nicht mehr verlassen kannst! Behalt den Tabak. Das ist meine letzte Fluppe."

„Wirklich? Du hörst tatsächlich auf?" Felix nahm ein Blättchen und streute Tabak darauf.

„Ich sag's dir, ihr habt mich kleingekriegt. Hab keinen Bock mehr darauf, dass ihr mich wegen ein paar Kippen wie einen Aussätzigen behandelt."

„Wir dich?" Felix musste sich aufs Drehen konzentrieren. Vince rückte näher und besah sich die Sache aus allernächster Nähe.

„Wird nichts", urteilte er, „du bist noch nicht im richtigen Rollmodus. Das da ist mehr so die Faltmethode."

Felix leckte das Papierchen an und drückte die Enden zusammen, dann hielt er das krumme Ding in die Höhe.

„Für den Anfang will ich mal nichts sagen", raunte Vince. „Aber du weißt schon, dass du Sportler bist?" Felix zuckte mit der Schulter, nahm die Zigarette, steckte sie sich zwischen die Lippen und ließ sich Feuer geben. Er nahm einen Zug, füllte seine Wangen mit Rauch und stieß ihn gleich wieder aus.

„Lass gut sein", sagte Vince, „paffen kann jeder." Er hob die Hand und verabschiedete sich. „Nicht vergessen, immer schön fröhlich bleiben."

Arschloch.

10

Mama war nicht zu Hause, ihre Schicht im Pflegeheim ging bis um sieben. Normalerweise hätte Felix jetzt das vorbereitete Essen heiß gemacht, sich eine halbe Stunde vor den Fernseher gehauen und dann den Bus zum Schwimmbad genommen. Heute gab er der Tasche mit seinem Schwimmzeug, die immer noch im Flur stand, nach dem Essen einen Tritt und ließ dann die Haustür hinter sich ins Schloss fallen, ohne eine Ahnung zu haben, was er jetzt tun würde. Bloß nicht stillsitzen. Er lief durch die ruhigen Vorortstraßen, wo nichts, aber auch gar nichts los war. Alle saßen anscheinend in ihren Bunkern oder waren bei der Arbeit und die klingenden Blumennamen waren ihnen sowas von scheißegal. Sie machten das Leben auch nicht besser. Sollte er Pufu anrufen, um ihn zu fragen, ob er Lust hatte, ein bisschen zu zocken? Mit ihm konnte man sich auch spontan verabreden, sie kannten sich seit der Grundschule. Aber der würde sich nur wundern, dass er Zeit hatte und nicht ins Schwimmbad fuhr. Außerdem war er wahrscheinlich selbst beim Training. Handball spielte er schon ewig.

Felix spürte, wie ihm ein übles Gefühl in den Nacken kroch

und von hinten an die Kehle griff. Vielleicht hätte er damals mit Pufu zusammen in den Handballverein eintreten sollen. Dann wäre das alles nicht passiert. Aber als Pufu sich dazu entschloss, ging er doch schon längst zum Schwimmtraining. Das war seine ganze Seligkeit. Und nichts, absolut nichts, hatte darauf hingedeutet, dass das jemals anders sein würde.

Felix erreichte den Park, der hinter dem Wohnviertel begann, und versuchte, seinen Gedanken eine andere Richtung zu geben. Er dachte an das alte vierstöckige Haus, in dem sie in der Stadt gewohnt hatten, als er noch klein war und eine richtige Familie hatte. Die Zimmer waren riesig, der Flur war genau richtig zum Fußballspielen und vom Balkon im dritten Stockwerk konnte man bis an den Rhein schauen. Seine Erinnerungen waren bruchstückhaft, aber er wusste noch genau, dass die kleinen Griffe an den Schranktüren unter dem Küchenfenster metallene Fische waren, die er immer wieder betrachtet und abgezeichnet hatte. Die Zeichnungen hatten überall in seinem Zimmer an den Wänden gehangen und er hatte sich vorgestellt, dass er mit ihnen zusammen durchs Meer schwimmen würde. Er erinnerte sich auch noch an die vielen Ausflüge, die er mit Mama und Papa unternommen hatte. An den Rhein, in den Stadtwald, in den Zoo oder einfach irgendwohin, wo es schön war und sie etwas Spannendes erleben konnten.

Als er sechs war und in die Schule gekommen war, hatte Papa ihm endlich das Schwimmen beigebracht. Es hatte nur wenige Wochen gedauert, dann konnte er es und hatte das entdeckt, was ihm von da an am allermeisten Spaß auf der Welt machte. Papa stand am Beckenrand und lobte ihn ohne Ende. Er hatte etwas an sich, das es einem leicht machte, sich immer weiter anzustrengen und noch besser zu werden. Felix war süchtig nach Papas strahlendem Gesicht und seinem Lob geworden. Dann war Papa plötzlich weg. Als hätte jemand ein Riesenstück aus Felix' Lieblingskuchen rausgeschnitten und weggeschleppt.

Er versuchte sich zu erinnern, wann es angefangen hatte, dass die Eltern sich nur noch stritten. Manchmal waren sie richtig laut geworden, besonders abends, wenn er schon im Bett lag. Unter der Bettdecke hatte er sich die Ohren zugehalten und trotzdem ihre Stimmen gehört. *Ich werde mir beim Untertauchen nicht mehr mit den Fingern die Nase zuhalten*, hatte er ihnen heimlich geschworen, *ich werde noch schneller schwimmen!* Aber es hatte alles nichts genützt. Papa ging nur noch selten mit ihm ins Schwimmbad, und es wurden keine Pläne mehr für die Sommerferien gemacht. Oma kam und nahm ihn mit in ihr Dorf, wo er die ganzen vielen Ferienwochen verbrachte und sogar glücklich gewesen war. Felix ballte die Fäuste in den Jackentaschen.

11

Wie konnte ich nur so glücklich sein, wenn sich doch gerade meine Familie auflöste? Ich bin so ein absoluter Vollhorst, der schon damals keine Ahnung hatte! Diese Ahnungslosigkeit fühlt sich schrecklich an. Immer noch. Am Ende der Ferien hat Mama mich abgeholt und Papa existierte nicht mehr. Er war einfach weg, ohne Erklärung. Oder hat Mama mir irgendetwas erklärt, das ich aber nicht kapiert und sofort wieder vergessen habe? Musste sie gar nicht, ich wusste doch längst, was los war. Papa war weg, weil er enttäuscht von mir war. Ich war einfach nicht gut genug. Er hatte sich so viel Mühe gegeben, aus mir einen Superschwimmer zu machen, aber ich hatte mich einfach nicht genug angestrengt. Aber ich würde der Beste werden! Das hatte ich mir damals geschworen. Dann würde Papa vielleicht zurückkommen und alles wäre wie früher. Aber das riesengroße Loch, das plötzlich in meinem Leben war, ist einfach immer dageblieben. Nie wird etwas wie früher.

12

Felix hatte bald aufgehört, seine Mama nach dem Warum zu fragen. Er wollte nicht, dass sie wieder zu weinen anfing. Sie hatten einfach nicht mehr über Papa gesprochen und waren in den Magnolienweg gezogen, in eine der kleinsten Schachteln in dieser Straße. Der Garten war winzig, aber Felix hatte seither zwei Zimmer, eins zum Schlafen und eins zum Spielen. Oder er tat sowohl das eine als auch das andere in beiden Zimmern. Und er ging weiter zum Schwimmen, diesmal in einem Verein. Zuerst einmal in der Woche, dann montags, mittwochs, donnerstags und freitags. Er machte Ferienfreizeiten, in denen er trainierte, und fuhr immer öfter zu Wettkämpfen. Weller stand am Beckenrand mit der Stoppuhr in der Hand und strahlte. Auf Felix war Verlass. Selbstverständlich. Felix, der Charming Boy, der Liebling des Trainers. Wie hatte er diesen besonderen Platz an dessen Seite genossen. Blindlings. Jetzt ekelte er sich vor sich selbst. Er dachte an die Nachrichten, die ab und zu auf seinem Handy angekommen waren. „Du bist der Beste." „Dein Body sieht verdammt gut aus. Bist du echt erst vierzehn?" „Geiler Sixpack, den du dir antrainiert hast." „Bist du bereit für Olympia? Ich bringe dich hoch – aufs Treppchen." Je älter er wurde, umso häufiger kamen solche Nachrichten von Weller. Wie blind war er gewesen?! Es war ja tatsächlich alles seine eigene Schuld. Felix trat gegen einen Laternenpfahl, der das Pech hatte, gerade dort zu stehen. Was hielt er sich mit diesem Scheiß auf? Dieses verdammte Leben war absolut nutzlos. Ein Zufall hatte einen in diese Welt geworfen und dann konnte man sehen, wie man mit seiner Sehnsucht nach Glück zurechtkam. Er verbiss sich den Kloß, der schon wieder in seiner Kehle auftauchte und rannte einen kleinen Abhang hinunter. Rennen tat gut. Es machte den Kopf leer und pulverisierte die Gedanken zu Staub. Felix lief eine Runde um die große Wiesenfläche und dann den Hügel auf der anderen Seite wieder hinauf, bis er die ausgestorbene Ladenzeile erreichte, die dort lag. Hier begann das nächste Vorortviertel. Als er noch in die Grundschule ging, die direkt nebenan lag, hatte es unter den Geschäften, die sich um den kleinen Platz in der Mitte gruppierten, einen Bäcker gegeben, bei dem man Zimtschnecken kaufen konnte, die so köstlich waren wie nirgendwo sonst. Jetzt gab es auch dieses Geschäft nicht mehr. Felix ging weiter und überquerte die große Straße, die hinter der Ladenzeile um den Ort herumführte, und gelangte zum See.

Unter Wasser atmen. Manchmal hatte es sich tatsächlich so angefühlt, als wäre das möglich. Dabei hatte er doch immer den Kopf ein winziges Stück aus dem Wasser gehoben, als er die Bahn durchpflügte. Aber das war so schnell gegangen und hatte sich irgendwann so selbstverständlich angefühlt, dass es zu einem einzigen Zustand geworden war. Die perfekte Anpassung an eine dritte Dimension. So wie aus vielen Einzelbildern, wenn man sie nur schnell genug aneinanderreiht, ein bewegter Film wird. Felix verließ den Weg, der sich am Wasser entlangschlängelte und setzte sich an einer abgelegenen Stelle auf einen Baumstumpf, der zwischen einer Ansammlung von hohen Bäumen übrig geblieben war. Er atmete tief aus, schaute über das Wasser und begann die Bäume auf der anderen Seite des Sees zu zählen. Langsam beruhigte sich sein Herzschlag und er schaute einfach nur übers Wasser.

Dieser verrückte Vogel da oben! Er gab nicht auf. Sang sich die Seele aus dem Leib als gäbe es dafür etwas umsonst. Immer die gleiche Melodie. Vielleicht auch nur fast die gleiche. Als müsste er dem Leben eine Verzierung verpassen. Felix holte das Päckchen mit dem Tabak aus seiner Jackentasche. Wieder schnürlte die perlende Melodie durch die Luft, machte eine winzige Pause und setzte von Neuem ein. Die Beklemmung, die ihn vorhin mit kalter Hand ergriffen hatte, war verschwunden. Felix legte etwas Tabak aufs Papierchen, leicht und geschmeidig ließ er sich diesmal einrollen. Lecken, andrücken, überstehenden Tabak abschnipsen – die Kippe sah doch ganz passabel aus, nicht wie das krumme Ding von heute Mittag. Aber rauchen würde er sie nicht, es schmeckte einfach zu widerlich. Wie hatte Vince das nur die ganze Zeit ausgehalten? Felix versenkte die Zigarette in seiner Jackentasche und blieb noch einen Moment auf dem Baumstumpf sitzen. Da passierte es wieder. Irgendetwas wollte ihm die Luft abdrücken und ihn verschlingen, doch der anmutige Gesang des Vogels, kraftvoll und gleichzeitig hauchzart, schien das einfach wegzusingen. Er hatte das überraschende Gefühl, sein Körper würde sich entspannen. Etwas tief drinnen in seiner Brust dehnte sich und wurde weit wie sonst nur nach hundert Bahnen im Becken oder einer halben Stunde Joggen um den Weiher im Stadtwald. Er legte den Kopf in den Nacken und folgte den Tönen mit seinen Augen. Ast für Ast tastete er ab und konnte das Rotkehlchen doch nicht entdecken. Als ihm vom Hochschauen schwindelig wurde, schaute er zu Boden und dachte: Vögel müssen nichts anderes sein als nur Vögel. Plötzlich bewegte sich ein Schatten von rechts oben nach links unten auf den Boden und Felix schaute automatisch hinüber. Da saß das Rotkehlchen keine drei Meter von ihm entfernt im Gehölz und schaute mit seinen kugelrunden schwarzen Augen aufmerksam zu ihm herüber. Es stakste ein Stück weiter, warf einige Blätter zur Seite und pickte auf dem Boden herum. Dabei bewegte es sich unerschrocken noch ein Stückchen näher auf Felix zu. Er hielt den Atem an und fragte sich, wie nah es wohl kommen würde. Gleichzeitig hoffte er, es würde sich bis zu ihm vorwagen. Im nächsten Moment schrillte eine Fahrradklingel auf dem Weg und das Rotkehlchen flog hinauf in den nächsten Baum und in den übernächsten und war verschwunden.

13

„Morgen Vormittag Cop Show im Stadtwald?“ Felix schloss gerade die Haustür auf, als ihn diese Nachricht von Pufu auf seinem Handy erreichte. Für den Querfeldeinlauf durch den Wald gaben sie sich die Namen von Kommissaren, Spionen oder Agenten, die sie sich vorher auf einer Liste ausgesucht hatten. Der Waldlauf machte irgendwie mehr Spaß, wenn man sich dabei vorstellte, einen Verbrecher zu jagen. Es war auf jeden Fall nicht der schlechteste Start ins Wochenende.

„Okay, wann?“

„Neun?“

„Super!“

Die Tür knallte hinter Felix zu, er lief nach oben und ging unter die Dusche. Dabei überlegte er sich, welcher Kommissar er morgen sein würde.

Ich muss auf die Liste schauen, dreihundertvier Namen und wir haben noch längst nicht alle durch.

Als er wenig später aus der Dusche trat, hörte er, dass Mama nach Hause kam.

„Hallo?“, rief sie durchs Haus. „Jemand da?“

Er traf sie in der Küche.

„Du kommst aber spät heute!“

Mama stöhnte. „Wir hatten kurz vor dem Schichtende einen Neuzugang, der partout nicht bleiben wollte. Hat immer wieder beteuert, er müsse noch das Auto in die Werkstatt bringen und seine Frau zum Friseur begleiten.“

„Und das stimmte nicht?“

Mama seufzte. „Der ist zweiundneunzig, seine Frau ist schon seit fünf Jahren tot und ein Auto hat er auch längst nicht mehr.“

„Krass!“

„Ja, so ist das Leben. Kann ja nicht jeder so fit sein wie Opa. Er hat übrigens heute Morgen angerufen und braucht Hilfe bei irgendwas. Ruf mal zurück. “ Mama nahm den Tee, den sie sich gekocht hatte, und steuerte auf die Tür zu, an der Felix lehnte. „Brauchst du noch was? Ich muss aufs Sofa.“ Felix ließ sie vorbeigehen, da drehte sie sich noch einmal um. „Deine Sporttasche liegt schon wieder da drüben im Flur. Wird das jetzt zur Gewohnheit? Und denk an Opa!“

Damit zog sie ab ins Wohnzimmer. Felix schaute hinüber zum Eingangsbereich, er hatte die Tasche aus seinem Blick ausradiert, sie war ihm beim Heimkommen nicht aufgefallen.

14

Verdammtes Drecksstück! Es ist mir scheißegal, was du gekostet hast. Das war dem nassen Badezeug sowieso egal. Ich weiß, du kannst nichts dafür, aber für mich bist du gestorben. Geschieht dir ganz recht, die Kellertreppe hinuntergeworfen zu werden. Ist noch Platz in der Mülltonne? Okay, zwei Beutel raus, Tasche rein und die Beutel drüber. Hier kannst du verrotten und landest nach der nächsten Leerung hoffentlich in der stinkendsten Ecke auf der Kippe oder direkt im Verbrennungsofen. Komm mir ja nie wieder in die Quere!

15

Als Felix sich oben in seinem Zimmer aufs Bett warf, kam ihm ein anderer Gedanke. Eigentlich war es gut, dass die Tasche im Flur gelegen hatte. Mama war anscheinend automatisch davon ausgegangen, er wäre ganz normal beim Training gewesen. Dann gab es wenigstens keine neuen Diskussionen. Erst einmal.

16

„Du fährst nach Mutscheid zu Oma und Opa? Das ist ja mal eine gute Idee! Schade, dass ich Dienst habe, sonst könnten wir zusammen fahren."

Felix stellte seinen Rucksack am Boden ab und setzte sich zu Mama an den Tisch.

„Ich glaube, sie brauchen Hilfe bei irgendwas im Garten. Und ich war ja auch schon echt lange nicht mehr da."

Mama nickte. „Wahrscheinlich haben sie sich auch etwas wegen Opas Geburtstag überlegt und wollen das besprechen. Also, von mir aus können wir alles so machen, wie sie es sich wünschen. Aber nicht mehr als hundert Gäste. Das ganze Dorf einzuladen, wird zu teuer."

„Schon klar." Felix stopfte sich ein Brötchen in den Mund.

„Aber hast du heute kein Training?" Felix kaute und versuchte ruhig zu bleiben. Er nahm sich ein Stück von der Wochenendzeitung und sah stur an Mama vorbei.

„Nein. Ist doch nicht jeden Samstag."

„Welchen Zug nimmst du?"

„Den um elf." Felix las den Sportteil und blätterte den Rest so durch, wie Mama beim Frühstück während der Woche. Da sah er die Schlagzeile: *Die netten Männer von nebenan. Der Fall Bergisch-Gladbach.* Felix sprang auf und lief hinauf in sein Zimmer. Sein Herz klopfte zum Zerspringen. *Sieben, acht, neun, zehn.* Er legte die Wange an die Fensterscheibe und zählte auch die Bäume auf dem Nachbargrundstück. Sein Handy brummte. „Bist du Leaphorn oder Santamaria?" Scheiße, er hatte vergessen, Pufu abzusagen!

17

Felix nahm die S-Bahn zum Hauptbahnhof und war zu früh. Um sich die Zeit zu vertreiben, ging er nach draußen auf den Vorplatz und natürlich fiel sein Blick als Erstes auf die riesenhafte Kathedrale, die dort in unmittelbarer Nähe aus dem Boden wuchs. Auf den Treppenstufen, die zu ihr hinführten, saßen Leute in der Frühjahrssonne. Mitten auf dem Platz, wo einmal der Reibekuchenstand gewesen war, hatte ein Eierverkäufer seine Paletten aufgestellt. „Bauer Felix verkauft nur Eier von glücklichen Hühnern“ war auf einem Schild zu lesen. Felix drehte sich um und ging zurück zum Gleis. *Was für ein schlechter Scherz,* dachte er. *Mein Name ist eine Lüge. Wer ist nur auf die saublöde Idee gekommen, mich so zu nennen? Meine Mutter oder mein verschollener Vater? Felix – der Glückliche? Das war einmal. Ich habe die Seiten gewechselt und gehöre jetzt zu denen, mit denen keiner tauschen will. Nicht mal sie selbst.*

18

Der Zug war pünktlich und Felix verkroch sich in ein Abteil, in dem keine anderen Fahrgäste saßen. Die Fahrt dauerte etwa doppelt so lang wie mit dem Auto und führte durch eine grüne Hügellandschaft, die sich immer mehr von allem Städtischen entfernte. Wenn er als Kind mit seiner Mutter zu den Großeltern gefahren war und aus dem Zugfenster geschaut hatte, hatte er sich immer vorgestellt, sie würden eine Zeitreise machen und direkt ins Mittelalter hineinfahren. Im Städtchen, das Mutscheid am nächsten lag und in dem sie in den Bus umsteigen mussten, gab es tatsächlich eine Burg, eine alte Stadtmauer mit hohen, massiven Toren, und lauter spitzgieblige Fachwerkhäuser, die den Bach säumten, der mitten hindurch floss. Im Dorf der Großeltern jedoch, mit seinen gut hundert Einwohnern, war von all dem nichts mehr zu spüren. Hier waren nur noch Felder und Wege und der Wald, den Felix zusammen mit seinem Großvater auf der Suche nach Rittern, Pilzen, Feuersalamandern und essbaren Früchten durchstreift hatte. Als er jetzt aus dem Bus stieg, war das alte Kindheitsgefühl sofort wieder da. Felix atmete tief durch. Hier war er vor allem eines: Weit weg von allem.

Als er das wie immer unverschlossene Haus der Großeltern betrat, umfing ihn der vertraute Geruch und eine große Stille. Sie waren noch beim Mittagsschlaf. Felix stellte vorsichtig seinen Rucksack ab und schlich ins Wohnzimmer, um zu schauen, ob sie sich dort niedergelassen hatten. Da stand nur ein Kuchen auf dem Tisch. Er ging die Wände entlang und betrachtete alles, was dort hing, die Bilder, die der Großvater gemalt hatte. Der einsame Reiter durch die russische Steppe war eines seiner Selbstporträts, das liebte der Großvater am meisten. Daneben Zeichnungen, getrocknete Blumen, verschiedene große und kleine Ikonen, das Metallkreuz mit dem abgeschrägten Balken, das ihm im Krieg das Leben gerettet hatte, dazwischen auf einem Bord getöpferte Vasen und Becher. *Das Museum ihres Lebens*, ging es Felix durch den Kopf, dann ließ er sich in einem der abgewetzten Sessel nieder. Sie wollten nichts Neues, Moderneres. „Lohnt sich doch nicht mehr“, war seit Jahren der Standardspruch der beiden Alten, „das alles sind wir.“ Auf dem kleinen Tischchen neben dem Sofa stand er selbst in vielen verschiedenen Versionen, als Baby und Kleinkind, mit gebrochenem Arm und Eis in der Hand, mit Schultüte und in Badehose mit Wettkampfmedaille um den Hals. Felix drehte das Bild um. Schmerzlich wurde es ihm wieder bewusst. Er war eine Enttäuschung. Ein Versager, ein mühsam zusammengehaltenes Jenga-Spiel. Sie wussten es nur noch nicht. Draußen vor dem Fenster bewegte sich etwas. Erst da sah er, dass die Großeltern dort unter den Bäumen auf ihren Holzliegen lagen, zugedeckt mit grau-grün karierten Decken, perfekt der Umgebung angepasst. Oma drehte sich zum Wohnzimmerfenster um und winkte ihm zu. Wie hatte sie nur gemerkt, dass er da war?

19

„Wir vereinsamen hier noch ohne dich."

Felix nippte am heißen Tee und verstand sehr gut, was sie meinte. Endlich mal Abwechslung! Die Großeltern vereinsamten hier in diesem Dorf nämlich keineswegs. Jeden Tag kamen Freunde, Nachbarn, ehemalige Schüler oder verirrte Wanderer auf einen Schwatz vorbei oder weil sie sich Rat erbaten in den verschiedensten Dingen des Lebens. Oma Grete war noch ganz schön aktiv, ging zur Gymnastik, fuhr ins Schwimmbad, bemalte Gläser oder kochte Obst und Gemüse ein. Langeweile war ein Fremdwort für sie. Allerdings war sie auch zwanzig Jahre jünger als Opa Wolf. Mit seinen weit über neunzig Jahren war er im Laufe der Zeit immer kleiner und hutzliger geworden. Immer öfter schlief er tagsüber in seinem Sessel ein. In seine Töpferwerkstatt im Keller ging er kaum mehr. Das war einmal Felix' Lieblingsort gewesen und er hatte sich gewünscht, dass der Großvater ihm das Töpfern beibrächte. Doch je mehr er Schwimmen gegangen war, desto weniger Zeit hatte er gehabt, nach Mutscheid zu fahren.

„Was macht die Schule? – Hast du deine Zeichnungen dabei? Gibt es neue? – Wie geht es deiner Mutter? – Hast du genug Platz im Rucksack, dann gebe ich dir ein paar Gläser eingemachte Kirschen mit!" Oma Grete war für ihre vielen Fragen bekannt. Sie wollte das Gespräch stets am Laufen halten und möglichst viel über sein Leben in der fernen Stadt erfahren, in die sie nur noch sehr selten kam. Felix beantwortete die Fragen kurz und knapp und berichtete das Nötigste, damit er möglichst schnell wieder in den großelterlichen Kosmos eintauchen konnte.

„Habt ihr schon überlegt, wen ihr zu Opas Geburtstag einladen wollt?“ Es war nicht schwer, ein Gesprächsthema zu finden, das in harmlosere Gebiete führte und Oma und Opa waren schnell bei der Sache und gerieten in Aufregung über das bevorstehende Fest.

„Der Schützenverein wird sicher vor der Tür stehen und ein Ständchen bringen, aber die können wir nicht auch noch alle einladen“, fiel Oma Grete ein. „Einen Schnaps müssen sie allerdings bekommen, da müssen wir dran denken. Kannst du das mal aufschreiben bitte!“

Felix holte Zettel und Stift. Nichts leichter als das. Sie planten, aßen Kuchen und taten bald das, was sie immer taten, wenn Felix zu Besuch war. Die Großeltern zeigten ihm den Garten, diskutierten, was sie für ihn kochen könnten, stöhnten über ihre alten Knochen und darüber, was eigentlich an ihrem Haus alles gemacht werden müsste. Sie kramten das abgegriffene Mensch ärgere dich nicht-Spiel hervor, freuten sich über jeden Spielstein, den sie rauswerfen konnten oder stritten sich abends bei einer Rateshow im Fernsehen über die richtigen Antworten, bevor der Moderator den Streit entschied.

„Das Holz hacke ich dann morgen früh!“

Oma Grete nickte. „Magst du mal den Wolf in sein Bett bringen? Dann räume ich noch die Küche auf.“

20

Der Großvater nahm Felix’ Hand und ging in kleinen Trippelschritten mit ihm über den großen Flur bis in sein Zimmer.

„Mach das Fenster weit auf“, bat er, „damit ich im Wald schlafen kann.“

Felix musste lächeln. Der Opa und sein Wald!

„Fühlst du dich dann wieder wie in Russland?“ Opa Wolf, der mit erstaunlicher Geschwindigkeit seine Klamotten ausgezogen hatte und gerade in Unterhemd und langer Unterhose unter die Bettdecke kroch, sagte: „Ein bisschen."

Dann winkte er Felix zu sich heran auf die Bettkante. Er nahm seine Hand und schaute ihn aus seinen blauen Augen an.

„Hast du Kummer?"

Felix musste schlucken. So ein altmodisches Wort! Die blöden Tränen ließen sich einfach nicht zurückhalten. Er wusste nicht, ob der Opa ihn zog oder ob er von allein auf seinen Arm sank. Als er sich wieder aufsetzte, sah es so aus, als würde Opa Wolf schlafen. Er wollte seine Hand loslassen, aber da merkte er, dass er sie festhielt.

„Kannst du nicht drüber reden?"

Felix schüttelte den Kopf. Die kleine alte Hand des Großvaters drückte seine wieder. „Verstehe ich. Manchmal sind Worte zu klein."

Felix wischte sich mit der freien Hand die Tränen aus den Augenwinkeln.

„Du schaffst das."

21

Ich sitze auf dem Baumstumpf, auf dem ich gerade noch das Holz gehackt habe, das Beil zwischen meinen Füßen. Mir tun die Arme weh, aber es tut so gut, das Beil über den Kopf zu heben und dann mit voller Kraft in das Holz zu schlagen und es klein zu hauen. Alles, alles kann man damit klein hacken. Jetzt sitze ich hier und schaue über das Dorf mit seinem weißen Kirchturm, der wie ein Bleistift in die Höhe ragt. Muss sich immer alles in sein Gegenteil verwandeln? Können wir gar nicht anders, als schuldig zu werden? Kommen wir schon so auf die Welt? Aber wie wird man das wieder los? Schlafen geht hier so gut wie schon lange nicht mehr. Am liebsten würde ich bleiben. Dann hat Opa Wolf immer jemanden zum Holzhacken im Haus und muss nicht warten, bis einer der Nachbarn mal Zeit hat. Und ich könnte Oma Grete im Garten helfen. Morgens fahre ich mit dem Bus in den nächstliegenden Ort, dort gibt es auch ein Gymnasium. Vielleicht hat Alva ja mal Lust, mich zu besuchen.

22

„Felix, wir müssen los, sonst verpasst du den Bus. Der fährt heute nur einmal in der Stunde." Felix nahm seinen Rucksack und gab Opa Wolf seine schmerzende Hand. Auf der Innenfläche hatten sich zwei Blasen gebildet.

„Komm bald wieder", sagte der Großvater, „hier ist immer Platz für dich."

Kurze Zeit später stand er mit der Großmutter an der Bushaltestelle.

„Noch fünfzehn Minuten", sagte sie mit schuldbewusster Stimme, „wie immer zu früh! Komm, lass uns noch eine Runde durchs Dorf gehen."

In fünfzehn Minuten hätte man locker auch zwei Runden geschafft. Felix war es recht, geduldig hörte er sich an, wer gestorben war, was die Nachbarn machten und wann der Chor das nächste Konzert geben würde. Alles hatte seine Ordnung.

„Schau mal da drüben", sagte sie und wies auf ein Haus am Dorfrand, „der alte Hof von Meiers Dietrich ist wieder vermietet. Stell dir mal vor!"

Felix schaute hinüber und betrachtete das Haus und die Wiesen, die es umgaben. Er erinnerte sich so gut daran, wie er dort in der windschiefen Scheune des alten Dietrich mit den anderen Kindern des Dorfes herumgeklettert war. Obwohl es strengstens verboten war, waren sie dort vom obersten Balken ins frische Heu gesprungen, immer und immer wieder. Das Heu roch so gut, man konnte einfach nicht genug davon bekommen.

Plötzlich stutzte Felix, als er den Zaun des Hofes betrachtete.

Merkwürdige bunte Zeichen schwebten dort auf den hölzernen Latten herum.

„Sag mal, Oma, was ist das denn? Sind das Buchstaben?"

Die Großmutter lachte. „Da wohnt jetzt eine Künstlerin. Die steckt diese großen bunten Holzbuchstaben jede Woche in anderen Kombinationen auf ihren Zaun. Kannst du lesen, was da steht?" Felix strengte seine Augen an. *Was hängt wie zusammen?*, las er. Ein Stückchen weiter stand: *Wie weit reichen deine Worte?* Auch auf eines der Fenster war in großen Buchstaben ein Satz gemalt: *Wann beginnt das Ende?* Verrückt! Plötzlich sahen sie, dass am Dorfeingang der Bus auftauchte und beeilten sich, rechtzeitig zur Haltestelle zu kommen.

23

Felix stieg aus dem Zug und fühlte sich sofort entsetzlich müde und erschöpft. Das ganze Wochenende war es ihm nicht so gegangen. War das immer noch vom Holzhacken? Auf die S-Bahn musste er nicht warten und war zehn Minuten später in seinem Vorort. Als er die Station verließ, traf er auf dem Platz davor auf Juri, der mit seinem Fahrrad immer die gleichen Runden drehte. Als Juri Felix aus dem Gebäude kommen sah, sprang er vom Sattel und ließ das Rad, wie immer, allein weiterlaufen, bis es von irgendeinem Gegenstand gestoppt wurde oder einfach umfiel. Ein Fußgänger musste ausweichen und schimpfte ins Leere, denn er hatte nicht gesehen, wer das Rad einfach losgelassen hatte. Juri blieb breitbeinig vor Felix stehen.

„Warst du in Amerika?", rief er. „Warum hast du mich nicht mitgenommen?"

Felix lächelte gequält.

„War es nicht schön?"

Warum konnte der Mongo ihn nicht einfach in Ruhe lassen?

„Du hast wohl keine Lust auf zu Hause, was?"

Scheiße, Felix wollte ihn nicht so nennen.

„Soll ich dich ein Stück auf meinem Fahrrad mitnehmen?“

Felix sah hinüber zum Rand des Platzes, wo das Rad im Grünzeug hängen geblieben war. „Aber nur, wenn du nicht wieder wie ein Kamikaze-Pilot einfach abspringst!“

„Okay!“ Juri hob seinen Daumen, lief hinüber zu seinem Fahrrad und pflückte es aus dem Gebüsch.

Felix schwang sich auf den Gepäckträger. „Alles klar, Juri, fahr los!“

24

Monday, Monday ... Würde das ein guter Tag werden? Montage sind eigenartig, ganz anders jedenfalls als andere Wochentage. Sie sind der Einstieg in eine lange Zeitstrecke, von der man nicht weiß, wie sie im Einzelnen aussehen wird. Okay, man weiß, dass am Ende Freitag ist, aber das ist auch alles. An einem Montag kann man sich auf den Rest der Woche freuen oder ihn fürchten. Schlimmer finde ich es, wenn man weder das eine noch das andere tut. Dann ist der Montag wie ein vereister See, den man betritt und nicht weiß, wo die dünnen Stellen sind. Die, an denen man einbricht. Darüber muss ich gerade nachdenken, als ich den Geranienweg verlasse und Richtung Schule abbiege. Denn es ist doch so: Würde ich einen Kalender besitzen, hätte da bisher fast an jedem Tag „Training“ gestanden. Aber das brauchte ich mir nicht aufzuschreiben, denn es war ja schon jahrelang so. Es war einfach in meinem Kopf. Jetzt ist da ein schwarzer Fleck. Zugesperrt und vernagelt. Betreten verboten. Ich frage mich: Was mache ich jetzt mit diesen ausradierten Stellen in meinem Kalender? Ganz schön viel Zeit, die sich da plötzlich auftut. Vor allem muss ich wegen Mama aufpassen. Sie wird es nicht akzeptieren, dass ich nicht mehr schwimmen gehe. Ich muss mir also etwas einfallen lassen. Meinte Opa das mit seinem: „Du schaffst das schon“?

25

„He, Felix, guten Morgen! Schläfst du noch?"

Er drehte sich nach der Stimme hinter ihm auf dem Gehweg um.

„Alva!"

„Ich hab dir vorhin an der Ecke schon gewunken, aber du hast überhaupt nicht reagiert. Wie war dein Wochenende?"

Oh, Alva, hüll mich ein mit deiner schönen Stimme. Ich könnte dir stundenlang zuhören. Aber frag nicht nach mir, ich hab doch gar nichts zu sagen. Für einen Moment gibt mir deine Stimme das Gefühl, etwas Besonderes zu sein. Aber ich bin doch nur ein dreckiges kleines Nichts. Wenn ich von der Seite deine unglaublichen Haare anschaue, erklingt ein Ton in meinem Inneren, so als würde man ein Glöckchen anschlagen. Diese Farbe! Nicht blond, nicht braun und schon gar nicht rot, aber so eine Mischung aus allem. Doch du musst verstehen, das werde ich dir niemals sagen können. Ich bin einfach viel zu scheiße für dich.

„Felix?"

„Oh, sorry."

„Stör ich dich?"

„Ne, gar nicht, tut mir echt leid, ich war grad so in Gedanken. Mein Wochenende? War okay, ich war bei meinen Großeltern und hab Holz gehackt."

„Das ganze Wochenende Holz gehackt? Ganz schön sportlich!"

„Na, ja, nicht ununterbrochen, nur ein bisschen. Sonst halt so das Übliche."

Spielte Alva jemals Mensch ärgere dich nicht?

„Und wie sind die so?"

„Wer?"

„Na, deine Großeltern?"

Ich bin echt so saublöd!

„Ja, die sind total super. Echt nett. Mein Opa, der ist voll der Russlandliebhaber. Er war da im Krieg und anschließend war er nur noch Fan von diesem Land. Er kann richtig ins Schwärmen geraten, wenn er anfängt, davon zu erzählen."

„Wirklich? Dabei waren das doch die Feinde."

„Ja, stimmt, aber irgendwie hat er wohl kapiert, als er dort war, welchen Scheiß ihm die Nazis über die Russen eingeredet hatten."

„Cool. Aber hat er denn nicht gegen die Russen gekämpft?"

„Mein Opa war Meldereiter, also, der war die meiste Zeit allein mit dem Pferd unterwegs und hat irgendwelche Nachrichten von einer Stellung zur nächsten gebracht. Später war er dann in Russland in Gefangenschaft."

„Wie alt ist denn dein Opa? Ich kenne überhaupt niemanden, der Soldat im Zweiten Weltkrieg war."

„Wir feiern im Sommer seinen Hundertsten."

„Echt? Ist ja unglaublich! Was der alles erlebt hat. Im Krieg war sicher alles ganz schön hart. Vielleicht gab es für ihn gar keine andere Möglichkeit, als dieses Russland zu lieben, damit er das alles aushalten konnte."

„Also, du meinst, man muss seine Feinde lieben oder so ähnlich? So ein Quatsch! Seine Feinde muss man hassen, so richtig hassen und in Stücke hauen!"

„Ey, ey, ey! Was ist denn mit dir los? Du bist ja total aggro!"

Felix zuckte mit den Schultern.

„Ich mein ja nicht die Russen. Die richtigen Feinde."

26

Ich weiß auch nicht, was los ist und warum ich plötzlich so hochgekocht bin. Mein Gott, wahrscheinlich denkt Alva jetzt, dass ich den ganzen Abend immer nur Ballerspiele am Computer spiele und gar nicht mehr davon loskomme. Das denken doch alle im-

mer sofort, wenn man erwähnt, dass das durchaus ab und zu mal Spaß machen kann. Dabei spiel ich das ja gar nicht besonders oft. Und da geht's auch gar nicht um die Feinde, sondern um Geschicklichkeit. Aber das kapiert ja eh keiner von denen, die immer darüber meckern und sofort Angst kriegen, wenn davon die Rede ist. Auf jeden Fall hab ich keinen guten Eindruck bei Alva hinterlassen. Kann mir auch egal sein. Hab eh keine Chance. Aber sie ist natürlich viel zu nett, um mir das deutlich zu zeigen. Vielleicht sollte sie sich lieber an Marius halten. Da ist er ja. Wieso hängt der hier am Schultor rum?

„Hi, Marius, wie läuft's?"

Sonst ist er doch immer einer der ersten in der Klasse. Wie der heute wieder rumläuft, in dieser schlabbrigen Jeans und der abgewetzten Jacke! Aber die Haare gegelt und gestriegelt. Man sieht doch gleich, dass er eigentlich ein Schönling ist, der nur so tut, als wäre er ein Nerd. Ich frage mich, was der sonst noch verbergen will.

27

„Hey, Leute, leider habe ich schlechte Nachrichten für euch: Deutsch fällt diese Woche nicht aus. Ich komme gerade vom schwarzen Brett und hab mir den Vertretungsplan angeschaut." Vince, auf den sie im Eingangsbereich des Schulhauses trafen, hob den Arm und klopfte Felix auf die Schulter.

„Dich wird's freuen Kumpel, hab ich recht?"

Felix grinste schief, hob den Daumen und schüttelte die Hand von seiner Jacke.

„Don't worry, Vinci, Deutsch ist super, du wirst es sehen. Und das auch noch sofort in der ersten Stunde!" Er wusste, was Vince hasste! Manchmal konnte er es sich einfach nicht verkneifen, ihm diese Koseform unter die Nase zu reiben. Er war halt einfach zwei Köpfe kleiner als Felix. Doch Vince blieb cool.

„Ich gönn's dir, Großer", sagte er, „und hoffe nur, dass du keine schlimmeren Probleme hast."

Dahlmeier kam wie immer einige Minuten zu spät in die Klasse, sagte nicht guten Morgen, sondern nickte den Schülern mit einem Blick in die Runde zu. Er machte alles mit Links, trug seine Tasche unter dem linken Arm, setzte sie ungeschickt auf dem Pult ab, fuhr sich mit der Linken durch das schüttere Haar und verteilte es so auf der Halbglatze, dass sie bedeckt war. Dann öffnete er die Schnalle seiner Tasche, blickte kurz auf und sagte: „So." – Pause. „Dann wollen wir mal." Aber es klang nicht nach einer Aufforderung, sondern eher nach einer Selbstermutigung. Jedenfalls verstand Felix es so. Er konnte den geheimen Groll nicht ignorieren, den er beständig an Dahlmeier wahrnahm. Eine wiederkehrende kurz aufflammende Ungeduld, mit der der Lehrer die Last zu kommentieren schien, die der rechte Arm für ihn bedeutete. Das fiel besonders auf, wenn er etwas notierte oder einen Kommentar unter ein Arbeitsblatt schrieb, während die Klasse über eine Textstelle nachdachte. Das Schreiben mit der Linken gelang ihm auch nach vielen Jahren immer noch nicht so flüssig wie früher mit der rechten. Felix sah diesen Groll und dafür mochte er Dahlmeier. Und außerdem für seinen Deutschunterricht. Es sah ziemlich umständlich aus, wie er jetzt den Stapel Papier aus seiner Tasche zog und dabei die Ecken der obersten Blätter abgeknickt wurden.

„Kannst du das mal verteilen?", sagte er zu Alva, strich sich mit seiner intakten Hand noch einmal die Haare von rechts nach links über den Schädel und setzte sich auf die Ecke des Lehrerpultes. Wenige Sekunden später ging ein Stöhnen durch den Raum. Wie eine Welle setzte es sich von vorne nach hinten fort.

„Gedichte? Herr Dahlmeier, ich glaube, Sie wollen uns foltern!"

Der Lehrer blieb vollkommen ernst und schaute zu Marius hinüber, der sich auf seinem Stuhl zurückgelehnt hatte und mit dem Papier in der Hand herumwedelte. Mit solchen Äußerungen konnte er rein gar nichts anfangen. Felix sah deutlich in Dahlmeiers Gesicht, dass ihm diese flapsige Bemerkung sogar unangenehm war. Alles, was nicht wenigstens ein bisschen ernst gemeint war, sodass man darüber diskutieren konnte, brachte ihn in Verlegenheit und das konnte man sogar in seinem Gesicht ablesen.

„Keine Sorge, Lyrik verursacht keinen Durchfall und auch keine Kopfschmerzen“, sagte er zu Marius, „versuch’s mal mit Lesen. Ich geb euch fünf Minuten.“

Dahlmeier blieb auf der Ecke des Pultes sitzen, rückte ein wenig die schlaffe rechte Hand zurecht und schaute einfach umher. Den Kopf in die Hand gestützt, begann Felix zu lesen.

Rudern

Rudern zwei ein boot, der eine kundig der sterne, der andre kundig der stürme, wird der eine führn durch die sterne, wird der andre führn durch die stürme, und am ende ganz am ende wird das meer in der erinnerung blau sein (Reiner Kunze)

Er sah rüber zu Einar, der sich schon irgendwelche Notizen machte. Vince grinste breit und zeigte Felix einen Stinkefinger. Alva dachte angestrengt nach und Hamid hatte die Augen geschlossen, während er das Papier in beiden Händen hielt.

„Wenigstens kein Liebesgedicht!“, sagte Marius laut und vernehmlich in der letzten Reihe. „Danke, Herr Dahlmeier. Auch die Länge ist genau richtig für ein Gedicht. Nur leider ist dem Dichter nicht so wirklich viel eingefallen, der benutzt ja immer die gleichen Worte.“

„Stilmittel, Marius! Schon mal was davon gehört?“ Hamid hatte die Augen wieder aufgeschlagen. Dann meldete sich Manu.

„Irgendwie ist das so ’ne altmodische Sprache, *kundig der Sterne, kundig der Stürme*.“ Ihre Stimme leierte die Worte herunter. „Mittelalter oder was? Das findet ja nicht mal meine Oma besonders schön.“

Dahlmeier runzelte die Stirn. Er konnte es auch nicht leiden, wenn jemand einen Text nicht ernst nahm. Immer wieder blickte er hinüber zu Felix, als wollte er ihn mit den Augen ermutigen, sich zu melden. Doch dann hob Einar die Hand und eine lebhafte Diskussion entstand. Er betrachtete das Gedicht als eine Art Vorlage für einen Film, in dem zwischen Irrfahrt, gebrochenem Mast und Piratenüberfall so ziemlich alles vorkam, was zu einem Blockbuster dazugehörte. Felix las die Zeilen wieder und wieder und dachte: Die Leerstellen! Sie sind wahrscheinlich das Wichtigste in diesem Gedicht. Aber der Schriftsteller sah die Sache absolut zu positiv. Denn Felix war sich sicher, am Ende würde das Meer in der Erinnerung schwarz sein, schwarz wie die Nacht.

28

„Leute, eine Raucherecke ohne Raucher, ich bin dafür, dass wir diesen verrufenen Platz umbenennen. Irgendwelche Vorschläge?“ Vince erntete mitleidige Blicke.

„Da raucht er gerade mal drei Tage nicht und schon will er die Welt verändern!“

Einar schüttelte den Kopf. „Hier ist das Rauchen doch schon seit Jahren verboten! Die Kunst ist doch gerade, in einer Raucherecke eben *nicht* zu rauchen! Verstehst du den Witz gar nicht?“

Alva schmunzelte. „Lasst ihm doch diesen kleinen Trick. Er will einfach nicht ans Rauchen erinnert werden.“

Vince breitete seine Arme aus, blieb aber an dem Platz stehen, an dem er gerade stand. „Alva, du hast mir tief in die Seele geschaut. Willst du nicht *meine* Freundin werden? Ich habe wenigstens Zeit für dich und gehe nicht jeden Tag zum Schwimmtraining.“

Felix stockte der Atem. *Oh, Mann, dieser Idiot! Das war also seine Rache für den „Vinci“.* Am liebsten wäre er im Boden versunken oder hätte sich in Luft aufgelöst. Das Einzige, was ihm dazu einfiel, war ein Augenrollen. Alva dagegen war nicht aus der Ruhe zu bringen. Jedenfalls sah es so aus.

„Da müsstest du dir aber erst mal ein paar Stelzen besorgen", sagte sie. Das reichte schon, um Vince den Wind aus den Segeln zu nehmen. Er gab sich auch sogleich geschlagen, fuhr seinen rechten Arm samt Zeigefinger wie ein Klappmesser aus und stimmte ihr auf diese Weise zu. „Wie Mutter und Kind auszusehen wäre blöd, da hast du recht. Über die Stelzen werde ich mal nachdenken." Vince und seine Augenbraue! Er machte eine klitzekleine Kunstpause. „Aber wie ist es jetzt mit der Umbenennung dieses schäbigen kleinen Platzes hier? Irgendwelche Vorschläge?" Alle schwiegen. Niemand betrachtete das als ernsthafte Aufforderung. Einar und Hamid lehnten gelangweilt an der Rückwand des Schulgebäudes. Felix und Pufu saßen auf dem Mäuerchen, das den kleinen Platz hier begrenzte, und schauten vor sich hin. Alva und Vince standen sich mit Abstand und vor der Brust verschränkten Armen schweigend gegenüber, bis Marius plötzlich sagte: „Wie wäre es mit *Luftkurort* oder *Hängematte*?" Alle sahen ihn mehr oder weniger erstaunt an. „So viel Geistesblitz hätte ich dir gar nicht zugetraut", meinte Pufu. „*Wir treffen uns gleich in der Hängematte.* Nicht schlecht! Da denkt man doch gleich an Palmen und blauen Himmel. Super Idee!"

In diesem Moment sprang ein kugelrunder Blitz in die Runde.

„Ich will auch verreisen", rief er, umarmte Alva und blieb bei ihr hängen.

„Hey, Maskottchen! Klar darfst du auch mit in die Hängematte." Vince war heute außerordentlich großzügig.

„Aber ich seh keine", meinte Juri und sah sich verdutzt um.

„Eine unansehnliche, heruntergekommene Ecke mit einem einzigen Wort in ein Paradies zu verwandeln, das ist echt eine Kunst." Hamid sagte das einfach so in die Luft, ohne jemand bestimmten anzuschauen.

„Da muss ich unserem Philosophen zustimmen", meinte

Vince. „Mit Fantasie kann man sich so einiges vom Leib halten. Wie sollte man auch sonst überleben!“

Einar winkte ab. „Hängematte klingt zwar gut, aber was für eine Enttäuschung, jeden Tag hierherzukommen und dann ist da immer nur der gleiche Dreck und es existiert nicht mal eine Möglichkeit, wo man so eine Hängematte aufhängen könnte!“

„Einar, du alter Realist, du sollst dir das ja auch nur *vorstellen*! Wenn du tatsächlich eine Hängematte erwartest, wenn du herkommst, kann das ja nur eine Enttäuschung werden.“

„Alva, Alva“, raunte Vince, „du bist einfach zu schlau für uns!“

Jetzt war sie es, die die Augenbraue hochzog, aber das sah nicht annähernd so diabolisch aus wie bei Vince. Sie nahm einen neuen Anlauf: „Ich würde ja vorschlagen, dass wir nicht nur rumfantasieren, sondern hier tatsächlich was verändern. Ein paar Blumen, ein paar Bänke und Mülleimer, dann sieht unsere Raucherecke doch gleich viel besser aus.“

Vince fuhr wieder seinen Zustimmzeigefinger aus: „Aber ich schätze, dann wird die Ecke hier bald überlaufen sein.“

„Macht nichts“, sagte Einar, „ich find das gut. Wir gründen einfach die AG-Hängematte und nehmen die Sache in Angriff.“

In diesem Moment läutete die Glocke und die Pause war vorbei.

29

„Präsente Grundhaltung bitte! Schulterbreiter Stand, die Wirbelsäule aufrecht, und der Kopf schwebt wie an einem Faden darüber. Und los: Gehen, Tempo zwei.“

Die Stimme der roten Olli hallte klirrend durch den Raum. Dimi war mal wieder zu spät, aber seine Assistentin mit den feuerroten Haaren sorgte dafür, dass die Theater AG rechtzeitig losging.

„Tempo vier!“

Alle Schüler wechselten vom normalen Gehen ins Laufen und versuchten dabei, sich nicht gegenseitig anzurempeln. Das war gar nicht so leicht, denn die verspiegelte Wand an der Stirnseite des Saales verleitete dazu, immer wieder die Bewegungen zu überprüfen und nicht auf den Nebenmann zu achten. Felix dagegen war der Spiegelsaal noch nie so unangenehm gewesen wie heute. Er vermied den Blick in die Spiegelwand, denn er hatte die ganze Zeit das Gefühl, sie würde ihn verraten. Würde aufdecken, welcher Schmutz an ihm klebte, welche Schwäche und welche Beschämung.

„Marius, Kopf hoch! Ihr seid keine Sandsäcke, die man durch die Stadt prügelt, sondern aufrechte Menschen!" Die rote Olli, die von manchen auch der rote General genannt wurde, warf Befehle in den Saal und klatschte dabei in die Hände. Zu übersehen war die kleine, zierliche Person, die immer schwarz gekleidet war, tatsächlich nicht.

„Tempo drei und schlurfen!"

Vince kam näher an Felix heran, klopfte ihm auf den Rücken und flüsterte: „Schlurfen hat sie gesagt, nicht gehen wie ein Neandertaler!"

Felix versetzte ihm einen Hieb mit der Faust auf den Oberarm und sah, wie er sich entfernte und bei Pufu den gleichen Scherz machte.

„Humpeln!"

Jetzt bekam Vince die Rache der anderen zu spüren.

„Quasimodo, das machst du perfekt!"

In diesem Moment tauchte Dimi auf, der bärtige Grieche, der die Theater AG eigentlich leitete. Er reihte sich in die Humpelnden ein und verwandelte sich eine Sekunde später in einen Gorilla, der sich Arme schlenkernd durch den Saal bewegte. Alle machten es ihm augenblicklich nach, denn dass es sich um eine Aufforderung handelte, war sonnenklar. Plötzlich war der Raum erfüllt von kreischenden Affen. Felix erwachte aus seiner Niedergedrücktheit und schrie als einer der Lautesten mit. Was für eine Befreiung!

Dimi richtete sich auf und schlug sich röhrend mit den Fäusten auf die Brust.

„Tablett!“, unterbrach die rote Olli das Getrommel und zeigte Dimi einen Vogel.

Alle verteilten sich nun im Raum wie Gläser auf einem Serviertablett, nicht zu nah und nicht zu fern voneinander und Dimi übernahm die Führung.

„Okay Leute, genug vom Warming, setzt euch. Ihr seid großartige Gorillas, aber es wird Zeit, dass wir ein Thema für unsere nächste Aufführung erarbeiten. Irgendwelche Vorschläge?“

„Romeo und Julia!“ Vince schon wieder. Überflüssigerweise zwinkerte er Felix zu.

„Krieg der Sterne“, rief ein anderer in den Raum.

„Du meinst wohl Schweine im Weltall!“ Vince konnte einfach seine Klappe nicht halten.

Dimi winkte ab. „Damit können wir nur am Anfang eines Schuljahres starten. Für so ein Riesenstück ist es jetzt, wo wir schon März haben, zu spät. Wir haben uns deshalb etwas anderes ausgedacht. Kleine Szenen, die ihr allein oder zu zweit entwickeln könnt. Thema: ... “ Der Lehrer zeigte mit der Hand auf die Stirnwand des Saales.

„Oh, ne Dimi, das ist doch wohl nicht dein Ernst!“

„Spieglein, Spieglein an der Wand, wer ist die Schönste im ganzen Land?“

„Du nicht, Marius!“

„Wie langweilig!“

Alle redeten plötzlich durcheinander, bis Dimi die Hände hob und um Ruhe bat.

„Unser Spiegel kann viel mehr als nur das wiedergeben, was ihr ihm zeigt!“ Er winkte die rote Olli zu sich heran, die sich Dimi gegenüberstellte. Der Lehrer beschrieb mit seinen Händen ein unsichtbares Oval in der Luft: Den Spiegel, der nun zwischen ihm und seiner Assistentin stand. Dimi begann sich vor diesem Spiegel fein zu machen, das Hemd, das er nicht trug, zuzuknöpfen und eine imaginäre Fliege zurechtzurücken. Er strich sich übers Haar und fand sich offenbar wunderschön, aber was die rote Olli ihm zurück spiegelte, war etwas völlig anderes. Stirnrunzelnd stand sie ihm gegenüber, schüttelte den Kopf, lachte ihn aus und streckte ihm die Zunge heraus. Dimi unterbrach das Spiel.

„Seht ihr, was der Spiegel alles kann? Lasst eurer Fantasie freien Lauf!"

30

Sie stand am Zaun und wartete auf ihn. Wie so oft und als könnte keine Peinlichkeit der Welt ihr etwas anhaben. Jedenfalls keine dumme Bemerkung von jemandem. Alva strahlte.

„Dimi ist absolut mein Held. Was der sich immer ausdenkt! Genial."

Felix warf sich die Tasche über die Schulter und sie gingen los.

Dimi! Ist doch auch bloß ein Lehrer.

„Der ist jedenfalls keiner der üblichen Lehrer! Schon allein, dass wir ihn ‚Dimi' nennen dürfen und nicht Herr Meierdingsda, find ich super! Seine Theater AG macht so einen Spaß. Ich bin saufroh, dass ich sie in diesem Schuljahr gewählt habe. Wie findest du die Idee mit den Spiegeln?"

Felix zuckte mit den Schultern.

„Keine Ahnung. Muss ich erst einmal drüber nachdenken."

„Ich hätte eine Idee für dich!" Alva lächelte verschmitzt.

„Echt?"

Bei ihr wunderte ihn wirklich gar nichts.

„Auf der einen Seite des Spiegels steht einer, der wild rumgestikuliert und rumschimpft und auf der anderen Seite stehst du und feilst dir fröhlich pfeifend die Fingernägel."

Felix war sofort klar, was sie meinte.

„Du hast an den blöden Teschner gedacht!"

Alva grinste.

„Genau! Und an die Zeichnung da in deinem Heft, die ich so gut fand. Hast du eigentlich in der Zwischenzeit ein paar neue gemacht?"

„Zeichnungen?"

Felix kramte in seiner Jackentasche.

„Hier."

Alva blieb stehen und blätterte durch die Seiten. Felix kam sich blöd vor, einfach so neben ihr zu stehen, ging langsam ein paar Schritte und hoffte, sie würde auch weitergehen. Tat sie auch. Aber nur, um erneut stehenzubleiben.

„Hast du vor einen Horrorfilm zu drehen?" Da hatte sie ihn wieder eingeholt.

„Diese Monsterfratzen sehen echt gruselig aus! Mumien mit lauter Messern drin und Wunden, aus denen das Blut quillt. Ein bisschen eklig, oder nicht?"

Ach, würde sie doch lieber gar nichts fragen. Einfach nichts sagen und ihn – umarmen.

Felix sehnte sich so sehr danach und erschreckte sich doch gleichzeitig davor, dass Alva genau das tun könnte.

„Sind doch nur so ein paar scheiß Fingerübungen", sagte er, nahm ihr das Heft ab und warf es in den Papierkorb, an dem sie gerade vorbeikamen.

„Felix? Das kannst du doch nicht einfach wegschmeißen!"

Er grinste.

„Siehst du doch."

„Okay!" Alva zog das Wort skeptisch in die Länge und sah Felix stirnrunzelnd von der Seite an.

„Don't worry, ich hab zu Hause noch Dutzende von diesen Heften, die nur darauf warten, dass ich sie vollkritzele."

Alva sah ihn besorgt an. „Aber du kannst da sowas Tolles,

bedeutet es dir gar nichts? Bist du nur stolz, wenn du im Schwimmbad auf dem Siegertreppchen stehst?“

Felix erschrak. „Ganz bestimmt nicht!“

Es war ja rührend, wie sie ihn ermutigen wollte, aber leider war sie total auf dem falschen Dampfer. Konnten sie nicht über etwas anderes reden? Warum war es so schwer, sie einfach mal zu fragen: Kommst du heute Nachmittag zu mir? Hast du Lust mit mir zusammen Englisch zu üben? Sollen wir zusammen in die Stadt gehen? Felix drehte und wendete die Sätze in seinem Kopf und dabei wurde die Mauer immer unüberwindlicher. Es gab einfach keine Frage, die sich in seinem Kopf normal, einfach und selbstverständlich anhörte. Alle dachten, er hätte immer nur dieses verdammte Schwimmbad im Kopf.

„Sag mal“, begann Alva, als sie an der Ecke angekommen waren, an der sie nach rechts abbog, „hast du eigentlich nicht Lust, mich mal zu besuchen? Bin die meiste Zeit eh zu Hause.“ Gab es so etwas wie Gedankenübertragung?

„Ja, klar. Gerne!“

„Dann bis bald, mach’s gut!“

„Mach’s auch gut!“, murmelte Felix ihr hinterher und kam sich wieder ungeheuer dumm und fehl am Platz vor. Dabei konnte doch alles so einfach sein.

31

Als er die Haustür aufschloss, empfing ihn eine komatöse Ruhe, die ihm anzeigte, dass seine Mutter nicht da war. Nur das Ticken der alten Küchenuhr schlug ihm entgegen. Die Schuhe standen ordentlich im Flur aufgereiht und in der Küche auf dem Nachrichtenbrett hing ein Zettel: „Komme erst gegen sieben.“ So aufgeräumt hatte es früher in ihrer Stadtwohnung nicht ausgesehen. Glaubte er jedenfalls. Woran hatte das gelegen? War sein Vater so ein Schlunzhund gewesen oder wer?

Hast du eigentlich nicht Lust, mich mal zu besuchen?

Da war er wieder, dieser Satz. Mein Gott, das konnte doch nicht wahr sein! Am liebsten wäre er sofort losgerannt. Aber wie hätte das denn ausgesehen? Sie hatten sich schließlich eben erst verabschiedet. Felix ging die Wochentage durch. Wann konnte er hingehen, ohne dass es so aussah, als hätte er es eilig gehabt? Er rührte die Suppe auf dem Herd nicht an, nahm sich einen Apfel und eine Schokowaffel und verzog sich damit ins Wohnzimmer. Der Fernseher übertönte die Überlegungen in seinem Kopf. Felix ließ alle Programme an sich vorbeirauschen, blieb kurz bei einer Rateshow hängen und zappte dann weiter zu einem Abenteuerfilm, der aus einem anderen Jahrhundert stammte. Tarzan. Das war so oldschool, dass er lachen musste. Vor allem, als der Mann mit dem Lendenschurz seinen Schrei in den Urwald hineinrief. Über die Krümel auf dem Sessel würde seine Mutter sich nachher ärgern. Felix kehrte sie, so gut es ging, mit den Händen zusammen und stopfte sie sich in den Mund. Er stand auf, schaltete den Fernseher aus und war unschlüssig, was er tun sollte. Sein Blick fiel auf die Kinderfotos auf dem Regal neben dem Fernseher. Dieses lachende Kind, das ihn von dort ansah, war so weit weg. Er erkannte sich nicht wieder. Eine Mauer hatte sich zwischen sein altes und sein heutiges Ich geschoben. Die innere Uhr, die ihm bis letzte Woche zuverlässig gesagt hatte: Jetzt musst du deine Schwimmtasche packen, lief ins Leere. Der Kompass seines Lebens versagte. Dafür hatte die Stille im Haus etwas Lauerndes. Als könnte plötzlich eine unbekannte Gestalt um die Ecke kommen und vor ihm stehen. Irgendjemand, der sich im Haus verborgen hatte und jetzt hervorsprang. Der schon auf ihn wartete. Am helllichten Tag! Er musste weg hier.

32

Eins A oder Eins B? Felix stand unschlüssig vor dem Fahrkartenautomaten und wusste nicht, welche Karte er wählen musste. Er fuhr nie mit der Straßenbahn in die Innenstadt.

„Hast du keinen Schülerausweis?“ Die Frau neben ihm hatte keine Geduld mehr.

„Ach so, ja, stimmt. Danke!“ Felix fasste in seine Jackentasche, zum Glück steckte der Ausweis drin, den er sonst nur für den Bus ins Schwimmbad brauchte.

Ticket to hell.

Er steckte sich die Kopfhörer in die Ohren und stieg in die Bahn ein. Die Musik der finnischen Band mit dem unaussprechlichen Namen Pertti Kurikan Nimipäivät fegte alles weg, was in seinem Kopf herumspukte. Dabei schaute er aus dem Fenster und sah unbekannte Straßen und Haltestellen an sich vorüberziehen. Das meiste sah genauso öde aus wie bei ihm im Blumenviertel, es gab nur immer weniger Einfamilienhäuser, je mehr sich die Bahn der Innenstadt näherte. Nachdem sie die nächste Haltestelle verlassen hatten, tippte ihm plötzlich jemand auf die Schulter.

„Manu?“ Felix zog die Kopfhörer aus den Ohren. „Was machst du hier?“

„Wollte ich dich auch gerade fragen!“ Sie ließ sich mit Schwung auf den freien Platz gegenüber fallen und schmatzte weiter ihren Kaugummi.

„Fährst du shoppen?“

„Ne, du?“ Felix sah gerade noch die sechsstöckige Häuserzeile, an der sie vorbeifuhren.

„Ich fahre zu meiner großen Schwester und passe auf ihren kleinen Sohn auf.“

„Wohnst du hier?“

„Was dagegen?“ Felix war erstaunt über die Aggressivität, die ihm von Manu entgegenschlug. Außer, dass sie in seiner Klasse saß, sich vor Spinnen fürchtete und sich kaum meldete, wusste er nichts über sie.

„Ich wette, du hast noch nie einen einzigen Gedanken daran verschwendet, wo ich wohne!“ Ihm blieb die Spucke weg. Was war denn mit der los? Felix beschloss, ihre letzte Frage einfach zu ignorieren. Oder wollte sie darauf tatsächlich eine Antwort? Es war ihm doch völlig egal, wo sie wohnte.

„Ich dachte nur gerade, dass du einen ganz schön langen Schulweg hast.“

„Bin ich gewöhnt. Kann ja nicht jeder in einem schnieken Einfamilienhaus bei der Schule um die Ecke leben. Außerdem gibt es hier in der Gegend nur eine Hauptschule. Das nächste Gymnasium ist in der Innenstadt, aber das ist noch weiter entfernt als unseres. Meine Eltern finden sowohl das eine als auch das andere völlig übertrieben.“ Ihr Kaugummigeschmatze nervte.

„Weißt du, in was für einer Mini-Schachtel wir leben!“ Was die sich vorstellte! Einen Palast? Außerdem wunderte Felix sich, dass Eltern eine Schule „übertrieben“ finden konnten.

„Was wollen die denn für dich?“ Manu schaute aus dem Fenster.

„Die finden, als Frisörin braucht man kein Abi.“ Da hatten sie allerdings vollkommen recht.

„Stimmt ja auch“, sagte Felix, „aber warum solltest du Frisörin werden, wenn es auch tausend andere Möglichkeiten gibt, die dich glücklicher machen?“

Manu schaute Felix an, nahm ihren Kaugummi aus dem Mund und ließ ihn in einem Taschentuch verschwinden.

„So ist es“, sagte sie und stand auf. „Ich muss hier raus. Bis morgen.“

33

Als die Straßenbahn in den Tunnel einfuhr und zu einer U-Bahn wurde, sah Felix plötzlich sein verschwommenes Spiegelbild im Fenster. Erschrocken dachte er für einen Moment: Kann man es schon sehen? Dass ich ein konturloses Wischiwaschi bin und gar nicht mehr so richtig in die Welt der Normalos hineinpasse? Er wandte den Blick ab und seine Gedanken wanderten wieder zu Manu. Während der drei Haltestellen, die sie mitgefahren war, hatte er mehr über sie erfahren als in den vier Schuljahren zuvor. Sie hatte recht, er hatte noch nie in irgendeiner Weise über sie nachgedacht. Aber warum auch? Ihre Spinnenhysterie nervte schon genug. Alles, was mehr als zwei Beine hatte und herumkrabbelte, brachte sie zum Kreischen. Ansonsten fiel sie nicht besonders auf. In die Raucherecke kam sie nie, was sie in den Pausen machte, wusste er nicht. Sie hatte einen Hang dazu, ausschweifend zu werden, wenn sie im Unterricht drankam, deshalb schaltete Felix meistens ab, wenn sie eine Antwort gab. Hatte sie ihm das angesehen? Dass er noch nie so wirklich mit ihr geredet hatte, lag auf jeden Fall nicht daran, dass sie nicht in einem Einfamilienhaus lebte! Es hatte sich einfach nie ergeben. Genauso wenig redete er mit Bella, Peter, Mira oder Irmi. Entweder man hatte einen Draht zueinander oder nicht. Er hatte doch schon Pufu, Vince und Marius. Hamid war meistens auch dabei, führte aber eher Selbstgespräche. Und Einar? Der war irgendwie für alle immer eine Nummer zu groß. Wikipedia auf zwei Beinen, aber nett. Nicht zu vergessen die unvergleichliche Alva.

Agneskirche. Felix stieg aus und hoffte, dass er seine alte Straße wiederfinden würde. Auf jeden Fall erkannte er sofort das Schreibwarengeschäft an der Ecke wieder. Hatten sie da nicht den Füllfederhalter gekauft, als er in die erste Klasse gekommen war? Im Regal hatte ein Pappschild mit einem großen Pelikan darauf gestanden. Einen lebendigen hatte er schon im

Zoo gesehen, den Schnabelsack voller Fische. Deshalb wollte er unbedingt einen Füllfederhalter mit einem kleinen Pelikan auf der Kappe haben.

Er nahm die Straße, die geradeaus an der Kirche vorbeiführte, und erkannte auch das Café mit dem schwarzen Elefanten auf dem Schild an der Fassade wieder. Mama hatte nie hineingehen wollen, weil gerade immer etwas anderes wichtig war. Fünfzig Meter weiter war die Bäckerei, in der er sich allein weiße Mäuse oder ein Brötchen mit Schaumkuss kaufen durfte. Damals hatte ihn dort jeder gekannt, als er jetzt eintrat, war er ein Kunde wie alle anderen. Der Geruch, der ihn umfing, ließ ihn sofort wieder sechs Jahre alt sein und er sah beruhigt, dass man immer noch einzelne Gummitiere, weiße und rosa Speckmäuse und Lakritzstangen kaufen konnte. Aber er nahm lieber ein Schnitzelbrötchen, denn er hatte auf einmal richtig Hunger. Als er wieder auf der Straße stand, war er plötzlich unsicher, welche Richtung er nehmen musste. Er ging nach links, denn der große Bau auf der rechten Seite musste das Oberlandesgericht sein, an dem seine alte Straße entlanggeführt hatte. Aber an der nächsten Ecke war er trotzdem falsch.

Nicht im Ernst, jetzt muss ich tatsächlich fragen?! Wie peinlich ist das denn!

Felix ging zurück Richtung Bäckerei und nahm dann die Straße, die an der anderen Seite des Gerichts vorbeiführte. Jetzt war er richtig und erkannte bald die Ecke wieder, an der er früher jeden Morgen auf dem Weg zur Schule vorbeigekommen war. Der große Schäferhund, der dort vor einem Kiosk angekettet gelegen hatte, war nicht zu sehen. Es gab auch den Kiosk nicht mehr, sondern stattdessen eine Kneipe. Felix hatte sich jeden Tag aufs Neue gefürchtet. Würde die Kette tatsächlich nicht bis zu ihm reichen? Einmal hatte der Hund so fürchterlich gebellt, dass Felix zu Tode erschrocken war. Dabei hatte er sich ihm doch mit der allergrößten Liebenswürdigkeit genähert, die man sich nur vorstellen kann. Vielleicht würde der Hund ja sein Freund werden. Jetzt noch konnte er die Angst spüren, die dabei in seinem Bauch gesessen und die der große Hund nur mit widerlichem Gebell beantwortet hatte. Und irgendwie war da auch wieder die Enttäuschung darüber, dass der blöde Hund nicht kapiert hatte, was Felix wollte.

Wir hätten so ein gutes Team sein können!

Wie oft hatte er dem Hund das in Gedanken gesagt. Dann hätten die großen Jungs aus seiner Schule es nicht gewagt, ihn auf dem Heimweg in einen der Vorgärten zu sperren und das eiserne Törchen zuzuhalten! Felix bog in die Straße ein und fand auch sofort das Eckhaus wieder, in dem er einmal gewohnt hatte. Es war keines von den neuen, sondern eines mit Puttenkopf über der Eingangstür und Pflanzenranken auf der Fassade. Er schaute nach oben und fragte sich, ob er mit Mama und Papa tatsächlich in der dritten Etage gewohnt hatte, oder doch in der zweiten? Wieso wusste er ausgerechnet das nicht mehr? Dabei hatte er gedacht, er würde sich blind zurechtfinden. Gerne wäre er ins Haus hineingegangen, um aus dem Fenster im Hausflur in den Hinterhof zu schauen. Konnte man tatsächlich bis zum Rhein sehen? Oder hatte Papa ihm das nur erzählt, um von etwas anderem abzulenken? Jetzt fiel ihm auch der Ratschlag wieder ein, den Papa ihm wegen des Hundes gegeben hatte: Einfach nicht hinschauen und ganz ruhig vorbeigehen. Aber das funktionierte doch nie! Wenn man alles zusammenrechnete, waren Papas Ratschläge ziemlich dämlich und leicht zu durchschauen gewesen.

34

Doch! Einmal hat es geklappt. Als Papa mir das Schwimmen beigebracht hat und ich solche Angst hatte, unterzugehen, da lag seine Hand im Wasser auf meinem Bauch und er wiederholte hunderttausendmal: Du kannst nicht ertrinken, meine Hand ist immer da und hält dich. Und damit hatte er tatsächlich recht gehabt. Ich spürte seine Hand auch dann noch, als ich längst schwimmen konnte und sie nicht mehr brauchte. Vielleicht hätte er wenigstens jetzt gewusst, was zu tun war. Und vielleicht hätte er ganz ohne irgendwelche Erklärungen verstanden, was der Weller für ein Hund ist. Aber Papa ist einfach verschwunden. Als könnte man sich so einfach aus dem Leben davonmachen. Und Mama sagt kein Wort darüber, wo er geblieben ist. Das Leben ist so beschissen! Alles wird einem immer weggenommen. Und ich kann nichts anderes tun, als all das in den tiefsten Keller wegzusperren, der mir zur Verfügung steht.

35

Eine schwarze Welle schwappte über ihm zusammen und Felix fiel wieder ein, warum er eigentlich hier war. Weil er nicht mehr zum Training gehen konnte! Das zerschlug nicht nur seinen Wochenplan, sondern überhaupt alles, was er bisher gewesen war. Aus dem strahlenden Sieger war ein dreckiges Nichts geworden, das sich in der Stadt herumtrieb, weil er nicht mehr das tun konnte, was ihn zu neunundneunzig Prozent ausgemacht hatte. Die Hand, die ihn gehalten hatte, hatte ihn verraten. Die Hand, die ihm auf die Schulter geklopft hatte, auch. Er hatte das Fundament seines Lebens verloren und war auch noch selbst schuld daran. Was war das für ein berauschendes Gefühl gewesen, wenn er auf dem Treppchen gestanden hatte, weil er Erster geworden war! Es hatte ihn blind gemacht für alles andere.

Zu seiner Trauer gesellte sich plötzlich eine brennende Wut. Warum er? Warum kein anderer? Auf dem Weg zurück zur Haltestelle schlug Felix mit der Faust auf einen Mülleimer, an dem er gerade vorbeikam. Erschrocken drehte sich vor ihm eine Frau um, die er nicht gesehen hatte. Er wechselte die Straßenseite. Die Wut in seinem Bauch kochte weiter. Er hätte am liebsten die Fensterscheibe des Ladens eingeschlagen, an dem er vorbeikam.

Diese Wut tat so gut. Aus dem dreckigen Nichts wurde ein wilder Stier, der mit geblähten Nüstern alles auf die Hörner nahm, was ihm in die Quere kam. Felix lief die Stufen zur U-Bahn hinunter und traf auf dem nächsten Absatz auf einen Obdachlosen, der dort an der Ecke saß und bettelte. Der kam ihm genau richtig. Wie ein Elfmeter-Crack holte Felix mit seinem rechten Bein aus und trat gegen den Becher, den der Obdachlose vor sich stehen hatte. Die Münzen flogen in alle Himmelsrichtungen davon.

„Hilfe!", schrie der Mann auf dem Boden. „Der will mich umbringen!"

Felix lief mit eingezogenem Kopf und den Händen in den Jackentaschen unbeirrt weiter die nächsten Stufen zum Bahnsteig hinunter.

„Moment mal!" Zwei Hände hielten ihn plötzlich fest. Blaue Jacke, weiß-blaue Kappe, Sprechfunkgerät in der Brusttasche.

„Schön langsam", sagte die Stimme des Polizisten, der zufällig auf dem Bahnsteig gestanden und das Geschrei gehört hatte. Felix versuchte sich aus dem Griff zu befreien, doch im nächsten Augenblick war seine ganze Energie verpufft.

„Komm mal mit!" Die umstehenden Leute schauten und schüttelten die Köpfe. „Wieder so ein asozialer Jugendlicher", rief einer und hob die geballte Faust, „sperrt die doch mal weg!" Der Polizist dirigierte Felix die Treppe wieder hinauf zu der Stelle, wo der Obdachlose auf Knien über den Absatz kroch und seine Münzen einsammelte.

„Das ist er!", schrie er. „Der wollte mich umbringen!"

Felix war längst wieder auf die Größe einer Briefmarke zusammengeschrumpft. Die Blicke der Vorübergehenden nagelten ihn auf dem Boden fest und er wünschte sich, unsichtbar zu sein.

„Ich wollte das nicht", stammelte er, „bin doch nur zufällig an den Becher gestoßen."

„Zufällig? Na, den Schuss hättest mal sehen sollen! Das war 'n Mario Gómez Super-Goal", rief der Obdachlose. Der Polizist ließ endlich Felix' Arm los, fragte nach seinem Namen und der Adresse und notierte beides. Die Zeit dehnte sich unendlich und Felix fragte sich, wann er ihn wohl gehen lassen würde. Dann steckte der Polizist seinen Stift weg und sagte: „Egal, wie das hier war, entschuldige dich!" Felix ging hinunter zu dem Mann auf dem Boden, sammelte ein paar Münzen ein und gab sie ihm in den Becher.

„Tut mir leid", flüsterte er und versuchte, den Pissegeruch zu ignorieren, der ihm entgegenkam.

„Hau ab, kleiner Wichser", zischte der Obdachlose. „Und lass deine Wut das nächste Mal nicht an *mir* aus!"

36

Zu Hause ging Felix als Erstes ins Bad, um sich die Hände zu waschen. Mit nassen Fingern fuhr er sich durch die Haare. Dumme Fragen von Mama konnte er jetzt am allerwenigsten gebrauchen. Sie saß mit einer Tüte Erdnussflips vor dem Fernseher und sah die Nachrichten.

„Hallo Felix, was bleibst du da im Türrahmen stehen? Komm doch her! Willst du auch welche?" Sie hielt die Tüte hoch über ihren Kopf.

Gegen die Routine des Abends hatte er keine Chance.

„Nein."

Mama drehte sich zu ihm um.

„Alles gut? Sollen wir nicht zusammen den Montagsfilm gucken?"

„Muss noch was für die Schule machen."

Er schloss die Tür und ging nach oben in sein Zimmer. Er hatte plötzlich das dringende Bedürfnis zu duschen. Nichts war gut, aber auch gar nichts!

37

Dieser Riss da in der Kachel verfolgt mich schon die ganze Zeit. Es sieht aus, als hätte sich der Boden an dieser Stelle ein paar Millimeter nach oben gewölbt. Als hätte eine Riesenfaust von unten gegen die viereckige Fliese gedrückt, musste aber schließlich aufgeben. Nur dieser Riss ist übrig geblieben. Keine gerade Linie, sondern eine zittrige Zickzacklinie ohne Sinn und Plan. Manchmal ist die Bruchstelle ganz eng, dann wird sie ein Stückchen breiter und sofort wieder schmaler. An manchen Stellen ist die Linie unterbrochen, geht ein paar Millimeter rechts weiter oder macht einen Zacken. Wenn ich diese eine, breitere Stelle länger anschaue, öffnet sich der Spalt noch ein bisschen mehr und ich halte es sogar für möglich, dass er sich irgendwann zu einem riesigen Schlund öffnet, aus dem ES herausgekrochen kommt. Erst wälzt es die haarigen Klauen über den Rand des Spaltes, dann kommt der sabbernde Schlund zum Vorschein und schließlich wälzt es seinen ganzen ekelhaften Körper aus dem Loch. Halt – ich wende den Blick ab und schaue nach oben zum Duschkopf, aus dem das Wasser herausläuft. Mein Atem geht ruhig. Es gibt keine Monster, die aus einer Bodenritze kriechen! Das weiß ich doch.

38

Am Morgen ging Felix über den Schulhof und nahm alles, was sich dort tat, wie durch ein Milchglasfenster wahr. Seltsam weit weg erschienen ihm die umherrennenden Fünfer, die herumstehenden Siebener, die auf cool machten, und die Oberstufenschüler auf dem Weg in die Raucherecke. Er hatte auf einmal das Gefühl, als gebe es zwei Arten von Leben. Das der anderen und sein eigenes. Diese beiden drifteten immer weiter auseinander.

Als er das Schulgebäude betrat, hätte er fast nicht bemerkt, dass sich aus dem rechten Flur Dahlmeier näherte. Gleichzeitig kamen sie bei der Treppe an, die nach oben führte und gingen nebeneinander die Stufen hinauf.

„Felix." Wenn Dahlmeier jemanden ansprach, klang das immer ein bisschen feierlich. Es hörte sich zunächst wie eine Feststellung an, aber es lag noch mehr darin. Als konstatiere er: Es gibt dich und ich sehe, dass du mit all deinen Gefühlen und Gedanken existierst! Einerseits konnte man sich davon nicht bedrängt fühlen, auf der anderen Seite war sofort klar: Er sprach einen nicht grundlos an und begann mit Sicherheit keines dieser leeren *Schönes-Wetter-heute*-Gespräche. Felix passte seine Geschwindigkeit automatisch der des Lehrers an. Der hielt sich am Geländer fest und zog sich bei jedem Schritt ein bisschen daran hoch.

„Geht's dir gut? Du wirkst so abwesend."

„Echt?" Felix spürte Unruhe in seinem Körper aufsteigen. Er zuckte mit den Schultern. „Weiß nicht. Alles wie immer."

Dahlmeiers Frage bewirkte, dass er sofort wachsam wurde. Sie machte ihm klar, dass das normale Leben immer noch eine ganze Menge mit ihm zu tun hatte. Die Frage zeigte ihm aber auch, dass er offenbar mit einem Gesicht herumlief, das zu solchen Fragen Anlass gab. Er musste besser aufpassen.

„Soll ich Ihre Tasche tragen?"

„Geht schon", sagte Dahlmeier angestrengt und Felix meinte in seinem Gesicht den Selbsthass zu sehen, den der Lehrer immer zu verbergen suchte.

„Hast du dich schon entschieden, zu welchem Thema du deine Facharbeit schreiben willst?" Er zog das schwerfällige Bein die nächste Stufe hinauf. „Könntest du dir vorstellen, dass du sie in Deutsch schreibst?"

Felix hatte noch keinen einzigen Gedanken daran verschwendet und sagte: „Joah, vielleicht." Dann waren sie oben angekommen, Felix hielt die Tür des Klassenraums für den Lehrer auf und sie gingen hinein.

„Zeig her, was hast du geschrieben?“

Er hatte sich gerade hingesetzt, da war das Pufus erste Frage.

„Was?“

„Na, das Gedicht. War doch die Hausaufgabe.“

Felix holte sein Heft aus der Tasche. Ein Gedicht sollten sie schreiben? Das hatte er überhaupt nicht mitbekommen. Er kritzelte in seinem Heft herum, während der Unterricht begann und Dahlmeier die Schüler ermutigte, ihre Gedichte vorzulesen. Je mehr ihre Werke vorlasen, umso entspannter wurde die Stimmung und immer wieder wogten Kichern und Gelächter um Felix herum. Er registrierte, dass Manu sich meldete und drangenommen wurde.

„Sitzen zwei im Auto, der eine kurzsichtig, der andere blind, der eine sieht den Laster nicht, der andere hört nur das Krachen, am Ende, ganz am Ende, sind beide tot und können sich an nichts mehr erinnern.“

Wieder lachte die ganze Klasse.

„Jetzt du, Vince“, flüsterte Marius, „mach schon!“

Vince zeigte auf. „Also, bevor ich mich schlagen lasse. Meins geht so: Sitzen zwei in der Hängematte, der eine raucht nicht, der andere tut nur so, dann kommt die Julia und der eine lädt sie zum Tanzen ein, der andere kriegt den Mund nicht auf, am Ende, ganz am Ende zeigt Julia beiden einen Vogel und geht allein nach Hause.“

Einige applaudierten und Peter flüsterte: „Ey, Alter, wer ist die Julia, hier gibt’s doch gar keine!“

„Bei mir hätte sie nicht Nein gesagt“, meinte ein anderer.

„Ich sag nur Stelzen!“ Pufu lachte und dann beruhigte Dahlmeier das Gerede und fragte: „Wie ist es mit dir, Felix, kannst du mal vorlesen?“

Felix hatte die ganze Zeit – den Kopf in die Hand gestützt – halb auf dem Tisch gelegen und setzte sich nun auf. Das Prinzip dieser Gedichte war nicht schwer zu verstehen. Er räusperte sich. „Jagen zwei einen Fisch, der eine mit scharfen Krallen, der andere mit spitzen Zähnen, der eine lauert im Gebüsch, der andere schleicht sich im Dunkeln an, am Ende, ganz am Ende sind alle Träume geplatzt."

Es blieb kurz still.

„Welche Träume jetzt", fragte Manu, „die vom Tiger oder die vom Fisch?"

39

Unter Wasser atmen. Nach der Wende am Beckenrand abtauchen in die Tiefe. Durch den Boden stoßen hinab in den Ozean. Eine Stille umfängt mich, die es nirgendwo außerhalb des Wassers gibt. Langsam verwandeln sich meine Arme und Beine in Flossen. Ein winziger Schlag genügt, um voranzukommen. Alles fühlt sich perfekt und gut an hier unten. Niemand, den ich vermisse, niemand, der mich findet.

„Eine Bank oder Stühle?" Der Ellenbogen, der Felix am Oberarm traf, hinterließ einen stechenden Schmerz.

„Was?" Felix sah sich irritiert in der Raucherecke um.

„Sag mal, Alter, schläfst du mit offenen Augen? Wir planen gerade weiter die Hängematte!"

„Kein Grund, mich so anzustoßen, Blödmann!" Felix rieb sich den Arm und warf Marius einen vernichtenden Blick zu.

„Was ist besser, Holzbänke oder Stühle, die jeder hinstellen kann, wo er will?" Einar war im Planungseifer und machte sich Notizen. „Drei Leute sind für Bänke, drei für Stühle. Was meinst du?"

Das ist Fischen doch egal.

„Keine Ahnung. Mit Stühlen ist man halt flexibler."

„Ah, du meinst, dann kann man sich auch mal zu zweit in eine Ecke verziehen!"

Felix ließ seinen Arm los und packte Vince mit beiden Händen an der Jacke.

„Irgendwann polier ich dir noch mal die Fresse, du blöder Arsch!“

Pufu und Hamid waren sofort da und rissen Felix von Vince weg.

„Eh, hast du einen Schaden? Beruhig dich mal!“

Vince zog seine Jacke zurecht. „Ich glaube, wir brauchen ein Schild am Eingang: ‚Peace area.‘“

40

Das rote Lämpchen des Anrufbeantworters blinkte, als Felix nach Hause kam, und versetzte ihn sofort in Unruhe. Das Monster nahm keinen Anlauf, sondern schoss aus dem Lautsprecher heraus und krallte sich an seiner Kehle fest.

„Hau ab“, schrie Felix und rannte die Treppe hinauf in sein Zimmer. Winzige Krümel Putz rieselten vom Türrahmen auf den Boden, so fest hatte er die Tür zugeschlagen. Wenigstens blieb das Monster weg von ihm. Felix stellte sich ans Fenster und wartete, dass sich der pulsierende Herzschlag in seinen Ohren beruhigte, während er die Bäume draußen zählte. Von rechts nach links und von links nach rechts und wieder von vorne. Bei siebenundneunzig hatte er sich beruhigt. Sein Blick blieb an einer Birke hängen und gleichzeitig breitete sich eine große Leere in ihm aus. War das wirklich ein guter Tag, um zu Alva zu gehen? So viel war heute schon schiefgegangen. Felix fühlte sich erschöpft und freudlos. Aber zu Hause wollte er auch nicht bleiben. Er schnappte sich seine Jacke und ging nach draußen. Vielleicht war es noch zu früh und sie war noch gar nicht daheim? Felix lief die Straße hinunter bis in den Park und drehte dort eine große Runde um die Wiesen. Die Bässe wummerten in seinen Ohren und er lief einfach noch zwei weitere Runden. Ob sie jetzt zu Hause war? Er ging vom Park zurück in die Siedlung und nahm von dort den üblichen Weg Richtung

Schule. An der Straßenecke, an der Alva sich von ihm verabschiedete, wenn sie gemeinsam von der Schule nach Hause gingen, stoppte er. Unschlüssig kreuzte er den Kreisverkehr mehrere Male und blieb dann an der Ecke stehen, an der Alva in die kleine Nebenstraße einbog. Vorsichtig lugte er in die Straße hinein, zögerte jedoch. Welche Hausnummer hatte sie überhaupt? Er setzte sich auf eine niedrige Mauer, die einen der Vorgärten einfasste und holte den Tabak aus der Jackentasche. Das Mäuerchen war unbequem, denn die Hecke, die dahinter wuchs, stach ihn in den Rücken, aber er drehte sich trotzdem eine.

„Hey, Hummuckel, was machst du denn hier?“ Felix schaute erschrocken auf und sah Juri von seinem Fahrrad springen. Im nächsten Augenblick knallte der Vorderreifen neben ihm gegen die Mauer.

„Sag mal, spinnst du? Gibt es keine menschenfreundlichere Art und Weise von einem Fahrrad abzusteigen?“ Juri betrachtete das Hinterrad, das sich immer noch weiterdrehte.

„Gute Frage“, sagte er. „Aber ich hab dich zuerst gesehen und darf auch zuerst fragen.“

Felix ließ die Kippe und den Tabak in seiner Jackentasche verschwinden.

„Rauchst du?“ Juri setzte sich neben Felix auf das Mäuerchen und versuchte in die Jackentasche zu schauen. Felix legte seinen Arm darüber.

„Das sind schon zwei Fragen!“, sagte er. Juri hob seine Hand und streckte einen Finger aus, führte ihn bis zu Felix’ Wange und pikste sanft hinein.

„Aber zwei sind besser als nur eine“, sagte er und grinste. Felix blies seine Backe auf und Juri pikste noch einmal mit seinem Zeigefinger hinein, sodass es ploppte. Dann lachte er, als würde er durchgekitzelt. Felix blies beide Wangen auf und Juri sprang auf und pikste mit beiden Zeigefingern hinein.

„Hey, Juri“, Felix versuchte diese Energie irgendwie zu stoppen, „kannst du jetzt mal meine Frage beantworten?“

Juri stand abrupt still.

„Meine zuerst!“

„Okay, dann erst du.“

„Rauchst du?“

„Ne, ich drehe nur.“

„Nur drehen? Ohne rauchen?“, wunderte Juri sich.

„Man kann ja auch Kuchen backen, ohne Kuchen zu essen“, erklärte Felix.

Juri sah ihn nachdenklich an und überlegte. „Rauchen ist blöd. Aber Kuchen ist gut“, konstatierte er schließlich. „Magst du keinen Kuchen?“

„Doch, aber nur manchmal“, antwortete Felix. „Jetzt bin ich mit meiner Frage dran: Was machst du hier in dieser Gegend?“

„Muss zur Nachhilfe“, sagte Juri, überlegte kurz und packte Felix an der Hand. „Und du kommst mit!“

„Aber Juri, ich brauch keine Nachhilfe!“, rief Felix und versuchte sich loszumachen. Doch Juri hatte Bärenkräfte. Es blieb Felix nichts anderes übrig, als hinterherzustolpern, in Alvas Straße hinein.

„Da kommst du ja endlich, ich hab mir schon Sorgen gemacht!“, hörten sie plötzlich Alvas Stimme von einem der Hauseingänge her. In diesem Moment ließ Juri Felix los, rannte ein paar Meter zurück, schnappte sich sein Fahrrad und fuhr zu Alvas Haus. Dort stieg er ganz normal ab und stellte das Rad neben den Eingang. Felix trudelte wie ein aus der Form geratenes Papierschiffchen am Weg entlang und wusste nicht, wohin mit sich. Juri stürmte die Eingangstreppe hinauf.

„Felix, komm doch auch rein!“, rief Alva. „Super, dass du da bist!“ Sie wartete keine Antwort ab und lief ins Haus. Felix folgte ihrer Stimme nur zögerlich. Sein Herz klopfte wild, als er die Stufen hinaufging und in den dämmrigen Hausflur trat.

„Komm“, hörte er Alva wieder, „ich dachte schon, du seist krank.“ Sie stand in einer offenen Zimmertür und winkte Felix heran.

„Äh, wieso krank?“, fragte Felix verblüfft und folgte ihr ins Wohnzimmer.

„Na ja, es ist schon fast fünf und der Nachmittag ist gleich rum. Außerdem warst du heute in der Schule so still und abwesend, als ginge es dir nicht gut. Aber dein Gedicht fand ich super.“ Alva lachte und goss hellgrüne Flüssigkeit in ein Glas.

„Willst du?“

„Schmeckt super!“, rief Juri von seinem Platz am Tisch aus. Er hatte das aufgeschlagene Heft schon vor sich liegen. Felix kam näher, nahm aus den Augenwinkeln heraus wahr, dass dieses Wohnzimmer einen Kamin besaß, rechter Hand ein Klavier stand und das rote Sofa vor dem Fenster ziemlich groß und durchgelegen war. Er nahm das Glas entgegen und schnüffelte daran. Juri und Alva fingen an zu kichern. Sollte er raten, was das war?

„Riecht nach Gurke.“

„Was noch?“, fragte Juri erwartungsvoll. Felix nahm einen kleinen Schluck.

„Wasser?“

„Hundert Punkte, du Schlaumann!“ Juri schlug sich mit der flachen Hand auf die Stirn. „Aber was noch?“

Felix nahm noch einen Schluck, diesmal einen größeren.

„Zitronensaft, eine Prise Salz und ein bisschen Pfeffer!“

Juri und Alva sahen einander erstaunt an und brachen im nächsten Augenblick in lautes Gelächter aus.

„Du bist genial!“, rief Alva. „Hast nur die fünf Spinatblätter vergessen, aber die sind schwer herauszuschmecken, geb ich zu.“

„Spinat?“ Felix sah das leere Glas mit einem gewissen Ekel an. „Nicht dein Ernst.“

„Ey, Popeye, sei doch froh.“ Juri schlug mit einem Stift gegen sein halbvolles Saftglas. „Alva ist die beste Zaubertrankmischerin der Welt!"

Felix lächelte und ihm fiel auf, dass er sich auf einmal völlig normal und sogar gut fühlte.

„Jetzt ..." Alva wollte gerade sagen, dass sie jetzt aber endlich mal mit der Nachhilfestunde für Juri anfangen müssten, da kam ein verschwitzter junger Mann durch eine Glastür vom Garten herein.

„Hallo, ihr!", rief er. „Hast du jetzt schon zwei Nachhilfeschüler, Alva?" Er putzte sich die schmutzigen Finger an seinem Hemd ab und streckte Felix seine Hand entgegen. „Hi, ich bin Julius."

„Mein großer Bruder", fuhr Alva fort, „studiert Bio und hat gerade Semesterferien. Außer für Gartenarbeit kaum für etwas zu gebrauchen." Julius nahm sich ein Glas und schenkte sich ebenfalls etwas ein.

„Keine Nachhilfe? Hast du Bock, mir ein bisschen zu helfen? Oder musst du weg?" Felix war vollkommen überrumpelt von dieser überraschenden Wendung des Nachmittags.

„Ja, gerne. Bin gerade erst gekommen."

41

Der Schlüssel steckt. Immer steckt sie ihn von innen ins Schloss, wenn sie nach Hause kommt! Mann, jetzt muss ich sie vom Sofa runterscheuchen.

„Felix? Hallo! Gut, dass du kommst, ich mache gerade Spaghetti Carbonara."

Ein Glück, es ist noch gar keine Sofazeit! Sie läuft schon wieder zurück in die Küche.

„Ich geh kurz duschen."

„Aber mach nicht so lange, ich bin gleich fertig."

Das heiße Wasser läuft, bis Fenster und Spiegel beschlagen sind. Ich liebe es, wenn das Wasser richtig heiß ist. Aus dem Duschkopf trifft es zuerst auf den Nacken und die Schultern und läuft dann an mir herunter, bis die Haut prickelt. Ich stütze die Hände über meinem Kopf auf die Fliesen und schaue nach unten auf den Boden, wo sich das Wasser zwischen meinen Füßen kräuselt. So ein guter Nachmittag! Dieser Julius ist echt cool und mindestens genauso nett wie seine Schwester Alva. Dass manche Menschen einfach so – unkompliziert sind. Alles ist bei denen so – leicht. Wie kriegen die das bloß hin? Mir tun ganz schön die Knochen weh. Die Arbeit im Garten war tough. Trotzdem, ich komme wieder. Julius' Frage, als wir uns verabschiedet haben, hör ich immer wieder: „Bis morgen?" Auf jeden Fall!

„Felix?"

Durch den heißen Nebel höre ich Mamas Stimme.

„Felix, was ist das hier für eine Sauna, man kann ja gar nichts mehr sehen!"

Sie ist jetzt irgendwo in meiner Nähe.

„Sag mal, du solltest dich doch beeilen!!! Mann!"

Sie hat ja recht. Ich stelle das Wasser ab und schnappe mir ein Handtuch, reiße die Fenster auf und trockne mich schnell ab. Fünf Minuten später sitze ich ihr gegenüber am Küchentisch. „Sorry, Mama, ich bin so erledigt."

„Echt? Wovon? Du hattest doch gar kein Training heute."

Mama fragt weder ironisch noch drängend, sondern einfach interessiert. Eine Sekunde lang denke ich: Die Leichtigkeit ist einfach an mir kleben geblieben. Ich fange sofort an, mir die Spaghetti reinzuschaufeln. Sie schmecken super! Hat sie schon lange nicht mehr gemacht. Erst mal kauen und kauen bis wieder Platz für eine Antwort auf ihre Frage ist.

„Gartenarbeit."

Mama hat den Mund mindestens genauso voll. Jetzt reißt sie die Augen auf und ich sehe das Fragezeichen in ihrem Gesicht.

„Bei Alva. Ihr großer Bruder brauchte Hilfe im Garten. Wir haben ein hochalpines Steinbeet angelegt. Mit 'nem Teich und 'nem Fisch, der Wasser spuckt."

Mama fängt an zu lachen, dass ihre Augen Strahlenfältchen bekommen.

„Hochalpines Steinbeet im Flachland – ganz schön witzig!"

„Ja, cool, nicht! Julius, also der Bruder, studiert in München und geht da öfter mal in die Berge. Aber der Fisch sieht eher chinesisch aus."

„Na, dann ist er eben ein alpiner Hochlandchinese!"

Wir kauen beide noch eine zweite Portion Spaghetti weg und dann ist mein Bauch so voll, dass ich mich kaum noch rühren kann. Ich strecke die Beine unterm Tisch aus und fühl mich so gut wie schon lange nicht mehr.

„Wusstest du, dass Rotkehlchen uns Menschen für große Tiere halten?"

Mama lacht. „Im Gegensatz zu ihnen *sind* wir ja auch ziemlich groß! Und wenn du mich fragst, gibt es gar nicht wenige Leute, die sich tatsächlich wie Tiere benehmen!"

Ich weiß, sie meint nicht nur uns, wie wir gerade die Nudeln in uns reingeschaufelt haben! Ich betrachte ihr schönes Gesicht und erinnere mich plötzlich daran, wie wir früher abends immer vor dem Schlafengehen auf meinem Bett gesessen und Bücher angeschaut haben. Ich saß auf Mamas Schoß und sie hat vorgelesen. Eine warme Welle strömt durch mich hindurch, wenn ich daran denke.

„Wie war es denn bei dir heute?", *frage ich sie.*

Mama schaut nach oben rechts zur Decke, wie immer, wenn sie nachdenkt.

„Ganz okay. Frau Koslowski, weißt du, die zweiundneunzigjährige Opernsängerin aus dem Heim, die immer darauf besteht, dass wir sie mit *Fräulein* Veronika anreden, hat beim Mittagessen erklärt, dass sie heute die Fahrkarten für ihren Zug nach Paris gekauft hätte, denn dort würde ihr Verlobter auf sie warten und bald wäre die Hochzeit."

Ich habe schon öfter von Fräulein Veronika gehört.

„Sie ist dement, nicht wahr?"

„Ja, das ist sie und ich frag mich wirklich, ob das nicht auch ein Glück sein kann. Wenn sie das mit der Hochzeit erzählt, strahlt sie mich an und sie freut sich, wie damals, als sie eine junge Frau war."

„Und der ganze Rest ist weg? Krieg und all das?"

„Keine Ahnung", *sagt Mama*, „ich weiß nicht, ob das gar nicht mehr da ist oder auch irgendwo noch manchmal in ihrem Kopf auftaucht. Aber wenn ich sie so sehe, in ihrer Zeitverschiebung, die sie so glücklich macht, dann denke ich, Vergessen ist doch eine super Sache."

Ich hab den linken Fuß auf das rechte Bein gelegt und wippe damit vor mich hin. Sofort kommt mir etwas ganz anderes in den Sinn.

„Meinst du auch – Papa?"

Ein ganz anderer Ausdruck erscheint in Mamas Augen.

„Na ja, sicher! Den meine ich wahrscheinlich ganz besonders. Lässt sich nie wieder blicken. Ich werde das nie verstehen, dass er absolut keinen Kontakt mehr wollte, nicht mal zu dir!"

Ob das der richtige Moment ist, zu fragen?

„Aber was war der Grund? Warum ist er weggegangen?"

Ich kann förmlich sehen, wie in Mamas Gesicht etwas zuklappt. Abrupt steht sie auf und bringt die Teller zur Spüle.

„Lass mich bloß damit in Ruhe!"

Sie knallt das Besteck in die Spülmaschine. War ja zu erwarten, dass sie nichts sagt! Ich denke an die viereckige Gestalt, die ich heute Nachmittag im Garten von Julius und Alva gesehen habe. Sie saß im Schatten, und zuerst sah ich nicht, dass das ein Mann im Rollstuhl war. Julius führte mich zu ihm und sagte: „Papa, das ist Felix. Der hilft mir." Er streckte mir seine Hand entgegen und sagte: „Schön, dass du da bist!“ Er war nett, obwohl er mich doch gar nicht kannte. Ich überlege, ob es irgendeine Erinnerung gibt, die ich mit meinem unsichtbaren Vater verbinde. Aber es fällt mir nichts ein.

„Vielleicht wusste er einfach nicht, wie er es am besten machen sollte.“

„Quatsch!“ *Mama reagiert wie aus der Pistole geschossen.* „Du brauchst den gar nicht zu bedauern. Das ist einfach nur ein verantwortungsloser Feigling! Er hat einen Sohn und interessiert sich nicht für ihn!“

Ich bin mir in diesem Moment nicht sicher, ob sie mehr sich selbst bedauert oder die Tatsache, dass ich keinen Vater hatte. Also, keinen, der anwesend war. Dann kommt das, was Mama immer zum Abschluss sagt, wenn es um meinen Vater geht: „Wenigstens hat er bezahlt.“ *Ohne Vater zu sein war irgendwann einfach normal für mich gewesen. Vielleicht hätte er ja auch nur Ärger gemacht. Wer weiß.*

„Und außerdem“, *fällt mir da ein,* „wir hatten doch immer Opa!“ *Ich denke an die Spaghettiteller, die eben noch auf dem Tisch standen. Alles Geschirr, das wir besitzen, hat Opa Wolf selbst auf seiner Töpferscheibe gedreht und im Ofen gebrannt. Niemand besitzt so schönes Geschirr.*

„Ja, stimmt!“, *gibt Mama zu.* „Es gibt keinen besseren. Er hat übrigens angerufen und auf dem Anrufbeantworter hinterlassen, dass er jetzt die Liste mit den Gästen für seinen Geburtstag fertig hat. Wir müssen uns unbedingt um die weitere Planung kümmern.“

Ach, das muss ja auch noch gemacht werden. Mama hat beschlossen, dass die Großeltern mit den Vorbereitungen nichts zu tun haben sollten. Das würden wir machen.

„Kannst du morgen mal im ‚Haus Waldblick‘ in Mutscheid anrufen und fragen, wann sie im Juni Platz für hundert Leute zum hundertsten Geburtstag haben?“

„Kann ich machen."

Sie nickt.

„Okay! Hast du noch Lust auf einen Krimi?"

„Weiß nicht, bin ziemlich müde."

„Schaffst du es noch, die Mülltonnen rauszustellen? Morgen kommt die Müllabfuhr."

Na klar, nichts lieber als das. Ich gehe in den Keller und rolle die Tonnen über den Gartenweg nach vorne an die Straße. Erledigt. Als ich zurück ins Haus komme, steckt Mama noch einmal den Kopf durch die Wohnzimmertür.

„Ach übrigens, dein Schwimmlehrer war auch auf dem Anrufbeantworter. Du sollst ihn mal zurückrufen, es geht um irgendein neues Trainingsprogramm für die Meisterschaft im Herbst."

42

Ich wanke in mein Zimmer und fühle mich plötzlich, als hätte mir jemand einen Schlag gegen die Brust versetzt. Ich bekomme kaum noch Luft. Mein Magen zieht sich so merkwürdig zusammen. Eine Millisekunde frage ich mich, ob etwas mit den Spaghetti nicht in Ordnung war? Er hat angerufen. Ich schleppe mich ins Bett, mein ganzer Körper zittert. Das Monster hat mich voll erwischt. Seine Krallen in meinem Kopf drücken mir das Hirn zusammen, und das Herz schlägt zum Zerbersten schnell. Wie eine Trommel, auf die jemand ohne Erbarmen eindrischt. Gleichzeitig ist mir, als würden sich die Laken um mich herum immer enger zusammenziehen. Sie schnüren mich ein, bis ich keine Luft mehr bekomme. Ich versinke in dieser Atemlosigkeit und falle in einen undurchsichtigen Nebel. Ich habe nicht gemerkt, wie es sich angeschlichen hat. Aber ich will ihm Widerstand leisten und versuche, mich an dem Nachmittag im Garten von Alva festzuklammern, doch er zerbricht mir in tausend Splitter. Sie bohren sich in jeden Zentimeter meines Körpers und vernichten das Ich, das ich war, das Ich, das nicht Nein gesagt hat! Das mir nicht mehr gehört. Ich falle, falle immer tiefer.

„Felix? Felix!"

Ich schrecke aus dem Abgrund auf.

„Was?"

„Ich wollte gerade ins Bett gehen und hab so ein komisches Geräusch aus deinem Zimmer gehört, so als hättest du geschrien."

Ihre Hand auf meinem Arm.

„Mein Gott, du bist ja total nass geschwitzt!"

Ich werfe die Bettdecke von mir.

„Alles ganz feucht. Junge, was ist denn bloß los, bist du krank?"

Ich setze mich auf die Bettkante und schüttele den Kopf.

„Nur ein Alptraum."

Ich bin geschrumpft auf die Größe eines Staubkorns, klein und zerdrückt wie früher, wenn ich vom Rad gestürzt war und mir auf dem Asphalt das Knie aufgeschlagen hatte. So wie damals, als Moritz aus der 1 b mich beschuldigte, sein Matheheft gestohlen zu haben. Mamas Arm ist so nah, ich möchte mich hineinschmiegen, mich vor allem verstecken und in Sicherheit bringen. Aber ich bin wie gelähmt. Sie fasst mich unter der Achsel und zieht mich vorsichtig von der Bettkante hoch.

„Geh du mal kurz unter die Dusche, ich bezieh in der Zeit dein Bett neu."

Wie ferngesteuert gehe ich ins Bad und drehe das Wasser auf. Heiß. Es spült alles weg. Fast alles. Plötzlich schwankt der Boden unter meinen Füßen und will sich einen Spaltbreit öffnen. Ich spüre, wie sich die haarigen Klauen schon wieder nähern und nach mir greifen wollen. Ich stampfe mit dem Fuß auf. Verschwinde! Hau ab, du Mistvieh! Ich trample mit beiden Füßen auf der Stelle herum, an der ES sich verbirgt. Doch es lacht mich nur aus. Mit einem Ruck stelle ich das heiße Wasser ab und lasse nur noch kaltes laufen. Mir stockt einen Moment lang der Atem, doch dann fühle ich mich auf einmal freier. Das Monster verzieht sich. Langsam. Als ich zurück in mein Zimmer komme, rafft Mama gerade die feuchte Bettwäsche zusammen. Sie wirft sie die Treppe hinunter, so wie sie das immer macht. Dann kommt sie noch einmal zurück, setzt sich auf meine Bettkante und schaut mich besorgt an.

„Echt nur ein Alptraum?"

Ich nicke stumm.

„Nimmst du irgendwelche Drogen?"

Also, wirklich! Ich ziehe mir die Bettdecke bis zum Hals und drehe mich abrupt zur Wand. „Spinnst du?!"

Sie bleibt noch einen Augenblick sitzen.

„Sorry!", *sagt sie dann und:* „Schlaf gut!"

Als ich sie in den Keller gehen höre, überfällt mich ein Weinkrampf und schüttelt mich durch. Alles ist falsch, alles ist so, wie es nicht sein soll. Ich bin ein verloren gegangenes Stück Holz, das in Ewigkeit auf dem unendlichen Meer treibt.

43

Ich schlage die Augen auf und im gleichen Moment liegt der Tag vor mir wie ein unüberwindlicher Berg, den ich besteigen muss. Er fesselt mich ans Bett, denn ich weiß nicht, woher ich die Kraft nehmen soll. Am liebsten würde ich meinem Kopf befehlen, abzuschalten und wieder einzuschlafen, aber wach ist wach. Irgendwann tut der Körper, was er seit Tausenden von Tagen jeden Morgen tut. Aufstehen, anziehen, Tasche packen, zur Schule gehen, mechanisch. Als gäbe es einen Motor in mir, der das alles automatisch tut, ohne dass ich Ja oder Nein dazu sagen könnte. Als ich draußen auf der Straße an den Tonnen vorbeigehe, die auf den Müllwagen warten, macht sich eine klitzekleine Erleichterung in mir breit. Ließe sich doch alles so leicht entsorgen wie die blöde Schwimmtasche! Aber wie werde ich den Weller los? Vielleicht sollte ich ihm mit der Post einen toten Fisch schicken? Wäre das deutlich genug?

44

In den ersten beiden Stunden war Sport und Helmlein, der Lehrer, schickte sie zum Aufwärmen als Erstes drei Runden um den Sportplatz.

„Warum kann ich nicht auch so ein Attest bekommen wie unser iranischer Vorzeigeschüler", jammerte Vince nach zwei Umrundungen, „ich brech gleich zusammen!"

Pufu, der das beim Überholen mitbekommen hatte, lachte nur.

„Ich schwör dir, noch sechs Wochen ohne Kippen und du läufst uns allen davon!"

Damit beschleunigte er noch einmal sein Tempo und setzte sich an die Spitze der Läufer.

„Arsch", murmelte Vince und biss die Zähne zusammen. „Der Autounfall, den der schlaue Hamid hatte, ist doch schon zwei Jahre her und alle Knochen sind perfekt wieder zusammengewachsen. Wieso wird der dann immer noch vom Sport befreit? Der hat bestimmt den Direktor bestochen. Das machen die Iraner doch so."

„Also, komm", ächzte Marius, „lass ihm doch sein Trauma."

„Pf, Trauma! Ist doch lächerlich." Vince geriet immer mehr aus der Puste.

„Außerdem weiß ich nicht, was schlimmer ist", meinte Marius, „hier rumzurennen oder immer am Rand zu sitzen und zuzuschauen. Aber heute ist er wenigstens mal im Trainingsanzug gekommen. Hast du gesehen, er macht da drüben Liegestütze."

„Na toll, und hat am Ende auch noch einen super Body, mit dem er angeben kann!"

Felix überholte die beiden und fragte sich, wie sie auch noch miteinander reden konnten, wenn sie doch sowieso schon so japsten. Ihm selbst tat die gleichmäßige Schrittfolge außerordentlich gut. Er merkte, wie sehr ihm Bewegung fehlte, das warme Gefühl, das ihn erfasste, wenn die Muskeln einfach dem Rhythmus folgten, den er ihnen vorgab. Er spürte, wie dabei etwas in ihm wuchs und sich aufrichtete. Damit erreichte er das Ende des Umlaufs und lief langsam aus. Er schüttelte seine Beine und sah Vince und Marius, die noch eine halbe Runde vor sich hatten. Sie waren die Letzten und er wunderte sich, dass Marius dabei war. Eigentlich war er doch gar nicht so unsportlich. Spielte er nicht Hockey? Wollte er möglicherweise Vince die Blamage ersparen? Er war ja sowieso fast so etwas wie sein Schatten geworden.

Helmlein verordnete ihnen ein paar Dehnübungen, dann ging es weiter mit Basketball.

„Ich bin erst mal Ersatzspieler."

„Na, klar, Vince, was sonst. Du brauchst ja eine Leiter, um an den Korb zu kommen!"

Alle lachten, selbst Helmlein. Trotzdem sagte er: „Es kommt nicht nur auf die Größe an!"

Vince hob beide Arme. „Keine Sorge, daran gehe ich nicht zugrunde!"

„Bist halt ein Höllenhund, den nichts kaputt macht!" Marius ließ sich neben Vince nieder und klopfte ihm auf die Schulter. „Diese Pause haben wir uns redlich verdient!"

Felix wurde in eine Gruppe mit Pufu und Einar gewählt, was das Spiel schon entschied, bevor es überhaupt begonnen hatte. Der baumlange Einar versenkte so viele Treffer in den Korb wie sonst keiner, selbst Pufu nicht, der Basketball schließlich im Verein spielte.

„Willst du nicht bei uns Mitglied werden", fragte er ihn auch diesmal wieder, aber Einar winkte ab. Sport interessierte ihn nicht, selbst wenn er die besten Chancen hatte, darin erfolgreich zu sein. Vielleicht mochte Felix ihn deshalb. Er tat einfach, was er wollte, hockte über den Büchern und interessierte sich selbst für die abwegigsten Dinge. Tintenfische zum Beispiel. Sie waren gerade das Thema im Biounterricht. Nach dem Sport und der Pause sahen sie dort einen Film über diese Kopffüßler mit den acht Armen.

„Dreißig Millisekunden! So schnell, wie der sich seiner Umgebung anpasst, kannst du gar nicht gucken!“ In der Fünf-Minuten-Pause nach dem Biounterricht ließ Einar seiner Faszination für diese Spezies freien Lauf.

„Unglaublich, wie die ihre Chromatophoren nutzen und die Farbe wechseln können! Mit der einen Körperhälfte flirten, mit der anderen dem Gegner signalisieren, dass er abhauen soll. Genial!“

„Schön für dich!“, stöhnte Vince, der Tintenfische ungefähr so interessant fand wie Fliegenschiss. „Lass dich doch zum Kraken umschulen und wir nennen dich dann Oktopussi. Wie wär das?!“ Marius brach in lautes Gelächter aus. „Die freuen sich sicher, dass sie dir noch etwas beibringen können!“

Alva ignorierte die beiden einfach. „Was du dir für Worte merken kannst! Chromato-was?“

„Chromatophoren.“ Einar grinste. „Die Organe für den Farbwechsel.“

„Ja, ich weiß.“

45

Bei diesem Krakenfilm muss ich an das Monster denken, das mich immer wieder aus dem Hinterhalt überfällt. Egal, was ich gerade tue, plötzlich kommt es herangekrochen. Ja, es kriecht, manchmal erkenne ich es im ersten Moment gar nicht, fühle mich nur ein bisschen erschöpft oder traurig, da macht es sich immer breiter. Wie ein dunkler Wasserfleck auf einer Tischdecke, wenn dummerweise jemand ein Glas umgestoßen hat. Der Fleck wird immer größer, bis er seine endgültige Ausdehnung erreicht hat. Der schwarze Nebel, der sich manchmal in mir ausbreitet, hat keine Grenzen. Er füllt mich immer mehr aus, bis nichts mehr übrig ist von mir, bis ich nur noch aus IHM bestehe. Wie ein Krake, der plötzlich aus einer Höhle unten im Meer herausgleitet – so ist es. Wenn ich das Meer wäre, wäre ES der Krake, der pfeilschnell durchs Wasser schießt und eine schwarze Wolke ausstößt, um seine Feinde zu verwirren. Nur bin ich in diesem Fall der Feind und ES haut nicht einfach ab, sondern nimmt mich mit seinen acht Armen in den Klammergriff und dreht mir die Luft ab. ES kriecht aus einer unbekannten Höhle irgendwo in einem verborgenen Winkel meiner selbst und erwürgt allen Mut, jede Zuversicht, noch den winzigsten Funken Hoffnung und schnürt mir den Lebensfunken ab. Ich werde zu einem widerstandsunfähigen Krüppel, der sich nicht mehr bewegen kann, sondern IHM hilflos ausgeliefert ist. Stundenlang, die ganze Nacht. Plötzlich verzieht sich das Monster wieder. Keine Ahnung, warum. Ich bin erschöpft wie nach einem Zehn-Kilometer-Lauf. Aber nicht stolz, sondern vernichtet.

46

Nach dem Unterricht wartete Felix nicht auf Alva, sondern ging schnurstracks nach Hause. Er hatte einen Plan. Solange Mama nicht zu Hause war, würde er in Ruhe den Computer benutzen können und in ihrem Namen einen Brief schreiben. Das würde hoffentlich wirken. „Ich möchte Ihnen mitteilen, dass mein Sohn Felix ab sofort nicht mehr am Training teilnimmt! Er hat jetzt so viel für die Schule zu tun, dass er keine Zeit mehr für's Schwimmen hat." So ungefähr. Oder: „Mein Sohn hat sich am Knie verletzt und muss operiert werden. Er kann auf unbestimmte Zeit nicht mehr am Training teilnehmen. Der Wettbewerb im Sommer muss ohne ihn stattfinden." Irgend so etwas musste er schreiben, etwas, das dringend und unaufschiebbar klang und klar machte, dass es keine Diskussion darüber geben konnte. Damit der Trainer die Fresse hielt und nicht wieder auf die Idee kam, bei ihnen anzurufen. Aber wie sollte er den Brief beginnen? „Lieber Herr Weller ..." Felix spuckte aus. Auf keinen Fall! „Sehr geehrter Herr ..." Auch nicht! Am besten schrieb er einfach ohne Anrede. Seine Mutter hätte einfach keine Zeit für solche Kinkerlitzchen gehabt.

Felix bog in den Magnolienweg ein und sah vereinzelt noch Mülltonnen am Straßenrand stehen, die darauf warteten, zurück ins Haus geholt zu werden. Er erstarrte. Neben der grauen Tonne stand die Sporttasche. Welcher blöde Idiot hatte die aus dem Müll wieder herausgeholt? Konnte diese verdammte Müllabfuhr nicht einfach ihren Job machen? Er packte die beiden Tonnen und rollte sie zurück in den Keller. Dann ging er zurück zur Straße, nahm auch die Tasche und pfefferte sie in den Hauseingang. Er musste sie irgendwo anders entsorgen. Wegbringen. Weit weg. Die Wut, die sich in ihm ausbreitete, schnürte ihm die Kehle zu. Die Suppe auf dem Herd ließ er stehen, rannte hinauf in sein Zimmer, warf den Rucksack in eine Ecke und rannte wieder zurück nach unten. Wohin nur damit? Im See versenken? Dafür müsste sie schwerer sein. Am besten wäre ein Platz, von dem sie garantiert nicht mehr wieder auftauchte. Felix schnappte sich das elende Ding und lief wieder los. Kaum hatte er den Geranienweg erreicht, sah er von Weitem seine Mutter von der Straßenbahnhaltestelle kommen. Oh, nein, das nicht auch noch.

„Felix", rief sie und winkte.

„Ich muss los", rief er zurück und bog nach rechts ab, Richtung Bushaltestelle. Zufällig kam der Bus gerade und Felix stieg ein. Als einige Stationen später die Skyline von Weilersdorf am Horizont auftauchte, wusste er plötzlich, dass das eine Möglichkeit war. Er stieg am Einkaufszentrum der Hochhaussiedlung aus, an dem er sonst immer nur vorbeifuhr, und schaute sich suchend um.

47

Ob das wirklich so eine gute Idee war, hier auszusteigen? Ich war zwar schon mal mit Mama im Einkaufszentrum, aber sonst kenne ich mich in diesem Viertel überhaupt nicht aus. Die Häuser sind so hoch, das sieht aus wie in New York. Hoffentlich gibt's hier nicht irgendwelche Banden, die einen überfallen. Wie viele Kopftuchfrauen hier herumlaufen! Im Blumenviertel habe ich noch nie eine gesehen. Und bei uns spielen die Kinder auch nicht Fußball auf der Straße. Hier sitzen so viele Menschen einfach auf einer Bank in der Sonne. Haben die alle nichts zu tun? Was ist das da drüben für eine Menschenschlange? Gibt's da was umsonst oder wofür stehen die an? Nicht im Ernst, da werden Lebensmittel verteilt. Soll ich meine Tasche vielleicht einfach einem von denen schenken? Ne, Quatsch, der würde sich nur wundern. Ob mich hier überhaupt jemand versteht? Die sehen hier alle irgendwie so, so ausländisch aus. Ich gehe mal lieber in die Richtung von dem gelben Haus da drüben, da sieht es aus, als gäbe es eine Sperrmüllecke an dem Parkplatz. Super! Aber Moment, hier kann man mich ja von allen Seiten sehen. Nachher fragt jemand, warum ich da einfach etwas hinstelle. So ein Mist aber auch. Irgendeine Ecke muss es doch geben! Ich hab das Gefühl, alle starren mich an, weil ich noch nie hier herumgelaufen bin. Am besten gehe ich mal da um die Ecke und schaue auf der anderen Seite des Wohnblocks nach. Aber da gibt es nur ein langgezogenes Blumenbeet mitten auf dem Weg. Okay, gehe ich halt noch einen Block weiter! Hoffentlich finde ich nachher auch wieder zurück! Was steht da auf dem Schild? „Sportzentrum in der Neuen Stadt" Sowas gibt es hier auch? Ich biege noch einmal nach rechts ab. Wahnsinn, da ist noch so eine Dreckecke, wo die Leute Sachen abgestellt haben. Ein zerbrochener Lattenrost, ein verschmierter Kühlschrank, alte Sofakissen und anderes Gerümpel. Aber kein Mensch weit und breit. Das ist es! Ich schau mich noch einmal kurz um, dann stelle ich die Sporttasche mitten dazwischen. Erledigt! Jetzt nichts wie weg von hier.

48

„Felix?“

Vollkommen unerwartet traf ihn die Stimme mitten zwischen die Schulterblätter. Er drehte sich automatisch um.

„Hamid? Was machst du denn hier?“

Hat er etwa gesehen, dass ich da gerade eben etwas abgestellt habe?

„Ich wohne hier.“

„Hier in Weilersdorf?“ Felix kam es irgendwie unwirklich vor, dass jemand, den er kannte, hier wohnte. Sie gingen doch mindestens schon vier Jahre in die gleiche Klasse und trotzdem wusste er nichts davon. Schweigend standen sie einander gegenüber und belauerten sich. Welche Geheimnisse mochte der andere haben? Hamid fand als Erster seine Sprache wieder.

„Und was machst *du* hier?“

Felix kickte ein Steinchen beiseite, das er am Boden ausfindig gemacht hatte.

„Äh, keine Ahnung.“

„Keine Ahnung? Machst du einfach mal so einen Spaziergang durch Weilersdorf?“

Hamid war verdammt hartnäckig.

„Ja, nee, Quatsch. Ich wollte ins Einkaufszentrum, aber ich hab mich verlaufen.“

Hoffentlich fand Hamid diese Antwort einleuchtend genug.

„Das ist da drüben, genau in die andere Richtung. Kann man eigentlich nicht verpassen.“ Dieser Hamid hatte einfach immer recht. Felix überlegte krampfhaft, wie er aus dieser Situation wieder herauskam.

„Und wo genau wohnst du hier?“ Jetzt war der Ball bei Hamid.

„Da drüben.“ Hamid zeigte auf eine blau gestrichene Fassade, die zwanzig Stockwerke in die Höhe ragte.

„Wahnsinn! Welche Etage?“

„Siebzehnte."

Felix legte den Kopf in den Nacken und schaute hinauf. „Wird einem da oben nicht schlecht?"

Hamid lächelte. „Super Aussicht."

Wieder dieses Schweigen.

„Willst du mal sehen?"

Eigentlich wollte Felix bloß weg von hier. Aber vielleicht war es gut, ein bisschen Entgegenkommen zu zeigen. Hamid sagte sicher nicht umsonst nichts darüber, dass er hier im Hochhausviertel wohnte. Außerdem wollte Felix endlich weg von dem Müllhaufen da in der Nähe, der immer noch an seinen Nerven zerrte.

Sie gingen an einem kleinen Platz vorbei, auf dem Kinder mit bunter Kreide den Boden bemalten, dann waren sie schon beim Eingang des Hochhauses. Felix war fasziniert von den fünfundneunzig Klingelschildern neben der Eingangstür. Er hätte die vielen Namen gerne noch ein bisschen länger studiert, doch da hatte Hamid die Tür schon mit dem Schlüssel geöffnet. Während sie auf den Aufzug warteten, sah Felix sich im Hausflur um und hatte das Gefühl, dass Hamid all seine Reaktionen beobachtete und gleichzeitig versuchte, möglichst unbeteiligt zu wirken. Die Kritzeleien an den Wänden waren allerdings schon krass. Als müsste man sie vor dem Zugriff möglicher Zerstörer beschützen, hingen einige ordentlich auf Zettel getippte Nachrichten in einem Glaskasten neben dem Eingang. „An alle Hausbewohner, bitte achten Sie auf ordentliche Mülltrennung! Der Hausmeister ist nicht dafür zuständig, hinter den Bewohnern herzuräumen!" Der Satz hätte von Felix' Mutter stammen können.

Der Aufzug kam und sie fuhren in die siebzehnte Etage. Felix fiel die kleine Tüte auf, die Hamid die ganze Zeit in der Hand hielt.

„Warst du einkaufen?"

Hamid hielt ihm das Päckchen vor die Nase. „Berberitzen" stand darauf. „Braucht meine Mutter zum Kochen."

Felix betrachtete die getrockneten roten Beeren in der Packung. Im Blumenviertel gab es einen Berberitzenweg, aber er hatte bisher keine Ahnung gehabt, was Berberitzen sein könnten. Dann hatten sie die Etage erreicht und Felix sah als Erstes die Schuhe vor den Wohnungstüren.

„Soll ich meine auch ausziehen?"

Hamid schüttelte den Kopf.

„Nicht nötig."

Sie betraten die Wohnung und sofort steckte Hamids Mutter den Kopf bei der Küchentür heraus und fragte: „Hast du sie bekommen?" Hamid reichte das Päckchen hinüber.

„Das ist Felix aus meiner Klasse." Seine Mutter kam zu ihnen in den Flur und reichte Felix die Hand.

„Weißt du, dass du ein Wunder bist? Ein echtes Wunder!"

„Mama!" Hamid rollte die Augen und zog Felix am Arm in eine andere Richtung der Wohnung.

„Er ist wegen der Aussicht hier."

Sie gingen nach rechts den Flur entlang und Felix hörte die Mutter im Hintergrund murmeln: „Wegen der Aussicht. Und wegen der Freundschaft. Gut, sehr gut!"

49

„Wow. Das ist unglaublich. Was für ein Ausblick! Schau mal da drüben, hinter dem letzten Haus, gibt's ein paar Felder. Und da drüben fährt die Straßenbahn."

Felix lehnte seine Arme auf die Balkonbrüstung und war vollkommen überwältigt von dem, was er sah. Hamid zuckte mit den Schultern.

„Normal", kommentierte er Felix' Begeisterung.

„Normal? Man kann ja von hier sogar den Dom in der Innenstadt sehen! Weißt du eigentlich, was für ein Glück du hast?"

Hamid setzte sich auf einen der Balkonstühle.

„Na ja, irgendwann ist es einfach nichts Besonderes mehr. Außerdem bleibt es immer noch Weilersdorf."

Felix schämte sich ein bisschen. Er wusste ja ganz genau, was alle darüber dachten. Ausländer. Dreck. Gefährliches Pflaster.

„Als meine Eltern aus Iran nach Deutschland gekommen sind, haben sie hier etwas gefunden, das sie bezahlen konnten. Damals war hier noch alles neu. Und vielleicht waren sie von der Aussicht genauso fasziniert wie du. Auch wenn man nicht bis nach Teheran schauen kann."

„Warst du dort schon mal?"

Hamid schüttelte den Kopf.

„Ich würde schon gerne mal hin, aber meine Eltern waren politisch aktiv, sind bei den Protesten auf der Straße dabeigewesen. Die wollen da nicht mehr hin. Vielleicht ist es auch zu gefährlich und sie würden verhaftet. Keine Ahnung."

Felix schaute in die Ferne und sah, wie der Himmel sich in der hereinbrechenden Dämmerung langsam rot färbte. Die vielen Häuser, Fenster und Menschen, die da unten zu sehen waren, herumwuselten, nach Hause oder zum Einkaufen gingen, im selben Haus wohnten, nur vielleicht auf anderen Etagen – er hatte das Gefühl, dass man in Weilersdorf nie allein war. Ob das Monster hier überhaupt eine Chance hatte, aus seinem Verlies herauszukommen? Er wandte sich um zu Hamid, der etwas auf seinem Handy anschaute. Jetzt wusste er noch viel weniger, wie er hier wegkommen sollte.

„Und was machst du so nachmittags? Ich meine, außer Berberitzen kaufen."

„Scherzkeks!" Hamid stand auf.

„Willst du das wirklich wissen?" Er sah Felix gequält an. „Aber halt die Klappe, okay?"

Sie gingen zurück durch den Flur in Hamids Zimmer. Das war ganz schön groß, voller Bücherregale und mit Fußballpostern an den Wänden. Außerdem standen im Halbkreis diverse

Trommeln und andere Musikinstrumente aufgereiht, die Felix noch nie gesehen hatte.

„Setz dich!“ Hamid zeigte auf einen der beiden Stühle und nahm selbst auf dem Hocker vor einer Art Zither Platz, die auf einem Gestell lag. Er nahm zwei schmale Schlägel in die Hand, die vorne löffelartig auseinandergingen, räusperte sich und begann damit auf die Saiten zu schlagen. Im nächsten Augenblick war der Raum von einer Musik ausgefüllt, die aus lauter hüpfenden metallischen Tönen bestand, die manchmal etwas melancholisch klangen.

50

Wie der dasitzt! Augen geschlossen, völlig versunken. Und schaut nicht mal auf ein Notenblatt. Die Musik fließt einfach aus ihm heraus. Hamid, Hamid, das hätte ich echt nicht von dir gedacht. Warum hast du uns nie davon erzählt? Dieses Instrument da, ich weiß nicht mal, wie das heißt, hat bestimmt nicht so einen schlechten Ruf wie Weilersdorf! Hättest du doch längst mal sagen können, was du alles kannst. Die Bücher – schon klar, warum du immer so oberschlaue Sachen von dir gibst. Aber das mit der Musik ist doch wirklich etwas Besonderes. Und hört sich so schön an. Warum hörst du auf? Okay, er greift sich einfach das nächste Instrument und fängt an zu trommeln. Sieht aus wie ein riesengroßes Tambourin. Ich wusste nicht, dass man sowas auch vor sich halten und spielen kann. Es kommt mit vor, als würden seine Finger wie kleine Tiere am Rand herumtrappeln.

51

Die Tür ging auf und Hamids Mutter kam singend herein. Sie sang in einer für Felix fremden Sprache, hüpfte auf der Stelle und drehte sich um die eigene Achse. Hamid runzelte die Stirn und setzte die Rahmentrommel auf seinem Oberschenkel ab.

„Ach, komm“, rief seine Mutter, „spiel weiter! Endlich ein Freund! Wir singen ihm zusammen etwas vor.“

„Madar!“ Hamid schaute in die entgegengesetzte Zimmerecke, als wartete dort eine Lösung auf ihn. Dann wandte er sich plötzlich wieder seiner Mutter zu.

„Raus!“

Die Tür ging wieder zu. Ungerührt setzte Hamid sein Spiel eine Weile fort, bevor er es mit einem einzelnen Schlag in die Mitte der Trommel beendete. Er schaute einen Moment zu Boden.

„Sorry, meine Mutter ist manchmal echt peinlich.“ Er stellte die Trommel weg und nahm ein anderes Instrument in die Hand. Ganz entfernt erinnerte es Felix an eine Geige oder Gitarre, aber der Körper war viel kleiner und außerdem kugelrund, und der Hals war ziemlich dünn. Unten, am Bauch des Instrumentes, befand sich ein metallener Stachel. Den setzte Hamid sich aufs Knie, nahm einen Bogen und strich damit über die vier Saiten. Im ersten Moment hörten sich die Töne sehr fremdartig an, dunkel und trocken wie ein Wüstenwind. Die hohen Töne dagegen klangen quietschig und taten in den Ohren weh. Felix versuchte, nicht das Gesicht zu verziehen, er staunte wieder über Hamid, der voll konzentriert war, aber auch ein bisschen abwesend aussah. Hamid beendete die Musik, stellte die Stachelgeige auf ihren Ständer und sah in Felix’ Richtung, blieb aber im Ungefähren hängen und sah ihm nicht ins Gesicht. War das Konzert jetzt beendet oder nicht?

„Cool.“ Das war der einzige Beifall, der Felix einfiel.

„Persisch."

„Und wieso kannst du so viele Instrumente spielen?"

„Meine Eltern sind Musiker und haben mir das alles beigebracht. Lieber würde ich ja Klavier lernen, aber das ist zu teuer."

„Wieso hast du uns noch nie etwas vorgespielt?"

„Auf die blöden Kommentare kann ich echt verzichten!" Jetzt schaute Hamid Felix ins Gesicht. „Also, halt die Klappe, Mann."

„Und Fußball? Spielst du?"

„Ist vorbei. Seit meinem Unfall vor anderthalb Jahren geht es einfach nicht mehr. Sobald ich ein Spielfeld betrete, krieg ich Panik, dass mich irgendwer so umhaut wie das Auto damals."

Jetzt klopfte es an der Zimmertür. Der Vater von Hamid trat ein, reichte Felix die Hand und sagte: „Herzlich willkommen! Das Essen ist fertig. Wir würden uns sehr freuen, wenn du mit uns isst! Es gibt Zereshk Polo ba Morgh, beeilt euch, sonst wird es kalt." Er streckte wieder den Arm aus, als wolle er die beiden Jungs einsammeln.

„Wir kommen sofort", sagte Hamid bestimmt und der Vater nickte und ging.

„Hast du noch Zeit? Ich kann verstehen, wenn dir das hier zu viel wird, aber ich sag dir gleich, wenn du auf Zereshk Polo ba Morgh verzichtest, hast du was verpasst."

„Und was ist das?"

„Hühnerkeulen auf Berberitzen-Reis."

„Ach, deshalb warst du einkaufen!"

Hamid grinste.

„Und warum hast du deine Sporttasche da beim Sperrmüll abgestellt?"

Also doch! Er hatte es gesehen. Und jetzt fragte er einfach so nebenbei und aus dem Hinterhalt danach. Felix stieß Hamid mit beiden Händen von sich.

„Du mieser Arsch! Das geht dich gar nichts an!"

Damit lief er aus dem Zimmer, rannte im Flur fast Hamids

Mutter um, die gerade das duftende Abendessen ins Wohnzimmer brachte, riss die Tür auf und stand im nächsten Moment im Hausflur und wusste nicht, wie weiter. Er drückte auf den Knopf beim Aufzug und musste warten. Wieder fühlte er sich ausgebremst. Gab es denn hier kein Treppenhaus? Die Türen sahen alle gleich aus. Doch, da war eine Glastür, die anderen waren alle aus Holz. Er stieß sie auf. Das Treppenhaus! Er sprang die Stufen hinunter, immer zwei auf einmal, Runde um Runde. Hörte das denn niemals auf?

52

Ich schleiche mich in unsere Schachtel, doch Mama hört auf ihrem Sofa im Wohnzimmer alles.

„Felix? Du bist spät. Hat das Training wieder länger gedauert?“

Verdammtes Training.

„Ich komme gleich, muss noch meine Sachen aufhängen.“

Na ja, wenigstens so tun, als ob.

„Kannst du mal nach dem Anrufbeantworter schauen, der hat einen Defekt. Oma hat mich vorhin auf dem Handy angerufen, weil der AB nicht ansprang.“

Dieses Scheiß-Teil hat es hinter sich, das schwöre ich dir!

„Ja, mach ich morgen. Gute Nacht.“

Ich setze mir die Kopfhörer auf die Ohren und schmeiße mich auf mein Bett. Die Finnen hauen alles weg, was in meinem Kopf herumspukt. Persische Musik! Dieser blöde Hamid kann mich mal. Konnte der nicht einfach seine Fresse halten? Die Musik löst auch das Weinen auf, das in meinem Hals sitzt. Eigentlich ist der Hamid ja vollkommen in Ordnung. Mein Abgang war sowas von scheiße! Was denkt der jetzt bloß von mir? Bald kann ich mich nirgendwo mehr blicken lassen! Gerade will ich mich zudecken, da sehe ich das Display meines Handys zwischen den Falten der Decke her-

ausschauen. Die schwarze Oberfläche glänzt wie ein schwarzer See, der nur darauf warten, einen in die Tiefe zu ziehen. Weg mit dir! Ich stupse das blöde Ding mit dem Fuß auf den Boden, damit ich es nicht mehr sehen muss. Du kannst in alle Ewigkeit da liegen bleiben!

53

„Felix?“

Sie klopft an meine Zimmertür.

„Steh auf!“

Ich kann nicht.

Es wird wieder still. Ich weiß, sie geht jetzt in die Küche und macht Frühstück. Aber sie kommt wieder.

„Felix, bist du wach? Es ist schon zwanzig nach sieben.“

Ich kann mich nicht rühren.

Sie klopft wieder. Ungeduldig. Ich bringe nur ein Grunzen heraus. Das ist das Einzige, was ich tun kann. Ich weiß, sie wird mich nicht in Ruhe lassen. Sie ist schon vollständig angezogen und will sich an den Frühstückstisch setzen. Soll sie das doch einfach tun. Aber sie klopft wieder und dann macht sie das, was sie nicht tun darf. Sie macht meine Zimmertür auf. Nur einen Spalt, genug, dass ihre Stimme ungehindert eintreten kann.

„Felix, jetzt komm schon, steh endlich auf!“

Ich muss nicht hinschauen, um zu wissen, dass ihre Augen in Sekundenschnelle mein Zimmer scannen. Was glaubt sie zu finden? Leere Whiskeyflaschen oder überfüllte Aschenbecher? Sie weiß doch, dass ich nur ein langweiliger, ehrgeiziger Schwimmer bin. WAR! Ihr Gesicht ist klein und besorgt, aber vor allem genervt. Es ist ihr peinlich, hier bei mir hineinzuschauen, und sie will jetzt endlich frühstücken, bevor sie zur Schicht ins Altenheim geht.

„Felix!“

„Hab erst zur zweiten."

„Echt jetzt?"

Die Spannung in ihrer Stimme ist mit einem Mal verschwunden.

„Sag das doch gleich."

Vorsichtig macht sie meine Zimmertür wieder zu.

54

Felix wachte gegen halb elf auf und horchte in die Stille des Vormittags. Um diese Zeit war er unter der Woche nie zu Hause. Es fühlte sich fremd und so an, als hätte ihn ein riesiger Fisch zur falschen Zeit am falschen Ort ausgespuckt und am Rande des Meeres liegen gelassen. Die anderen saßen jetzt im Deutschunterricht und er kam sich tausende Kilometer fern davon vor. Er gehörte schon nicht mehr dazu, das wusste er längst. Und sofort fiel ihm auch wieder sein Abgang gestern bei Hamid ein. Wie sollte das werden, wenn sie sich in der Schule begegneten? Aber die allererste Frage an diesem Morgen war: Woher sollte er die Kraft nehmen aufzustehen und unter die Dusche zu gehen? Irgendwann tat es sein Körper von ganz allein. Während das Wasser an ihm herunterlief, sah er Hamid schon wieder vor sich und fragte sich, was ihn außer schwimmen eigentlich jemals interessiert hatte. Musik? Welches Instrument würde er gerne spielen? Vielleicht Schlagzeug? Da konnte man draufhauen, wie auf den Klotz beim Holzhacken. Vermutlich. Ansonsten? Er war gerne bei den Großeltern in Mutscheid und hatte sich früher immer gewünscht, dass Opa Wolf ihm das Töpfern auf der Scheibe beibrachte. Wie dieses Teil sich drehte, wenn der Opa den Schalter umlegte und sich der Ton unter seinen Händen fügte und jede Form annahm, die er durch leichten Druck seiner Finger herausforderte, das hatte ihn unglaublich fasziniert. Damals. Felix drehte das Wasser ab und hüllte sich ins Duschtuch. Zeichnen! Ja, das mochte er und hatte auch irgendwie ein Talent dazu. Wenigstens. Als er angezogen und wieder in seinem Zimmer war, nahm er ein Blatt Papier und begann den Ausblick von Hamids Balkon zu skizzieren. Vielleicht würde er Alva die Skizze zeigen. Oder vielleicht sogar schenken. Als er an sie dachte, hatte er plötzlich große Sehnsucht danach, sie zu sehen und mit ihr zu sprechen. Er vermisste ihr Lächeln und die Aufmunterung, die immer damit verbunden war. Sollte er noch zur Schule gehen? Wenn er sich beeilte, würde er es noch zur zweiten großen Pause schaffen.

55

Wie ein Propeller, dachte Felix, als er den leeren Schulhof betrat, auf dem nur Juri zu sehen war. Die Pause hatte noch nicht begonnen, der Junge stand in der Mitte, hatte die Arme ausgebreitet und drehte sich immer und immer wieder um sich selbst. Als Felix näherkam, sah er, dass Juri nicht lachte und vor sich hin brabbelte, sondern mit den Tränen kämpfte. Er hatte ihn fast erreicht, da ließ sich Juri mitten in der Bewegung auf den Boden fallen und schluchzte bitterlich.

„Hey Juri, was hast du denn?" Der Junge lag auf den Knien und hatte den Kopf zwischen den Armen verborgen. Felix berührte ihn leicht an der Schulter.

„Das sah gerade aus, als wäre ein Astronaut vom Himmel gefallen." Juri weinte noch ein bisschen lauter. Felix sah sich suchend um. Wie sollte gerade er Juri helfen? Wo war Alva? Er setzte sich im Schneidersitz neben Juri auf den Boden.

„Weißt du eigentlich, dass die ersten Lebewesen im Weltall Hunde waren? Ich meine, bevor Gagarin das erste Mal die Erdkugel in seiner Raumkapsel umrundet hat."

Juri hob abrupt seinen Kopf und sah Felix verheult an.

„Und was war Gagarin für ein Leberwesen?"

„Ein Russe. Juri Gagarin, der erste Mensch, der die Erde von oben gesehen hat."

„Juri?"

„Ja, der hieß Juri."

Juri schlug mit der Faust auf den Boden.

„Siehst du!"

„Was?"

„Juris können alles."

„Na, klar! Wo ist das Problem?"

Juri setzte sich auch in den Schneidersitz und wischte sich mit dem Handballen die Tränen aus dem Gesicht.

„Die wollen mich nicht beim Theater mitspielen lassen!"

„Ach so. Ich glaube, du bist einfach in der falschen Jahrgangsstufe. Ist doch erst ab Klasse neun."

Juri schlug sich aufs Bein. „Ich bin nicht falsch, ich will auch zum Theater!" In diesem Moment schrillte die Pausenglocke.

„Okay, okay, ich überlege mal, was man da machen kann. Vielleicht macht Dimi ja eine Ausnahme. In Ordnung?"

Juri machte eine Faust und streckte sie Felix hin, um die Sache zu besiegeln. Felix reagierte punktgenau. Die beiden blieben weiter am Boden sitzen, während aus allen Gebäuden die Schüler in die Pause strömten. Juri sah sie näherkommen, legte die Hände auf den Boden und stemmte sich hoch.

„Gehst du heute Nachmittag wieder zur Nachhilfestunde bei Alva?"

„Ich?" wunderte sich Felix. „*Du* brauchst doch die Nachhilfe!"

„Die kann man immer gebrauchen."

„Die Nachhilfe?"

„Nein, Alva!"

56

„Wir dachten schon, du hast dich in die Südsee abgesetzt!"

„Oder bist du krank?"

„Warum gehst du nicht an dein Handy?"

Felix sah sich plötzlich der Hängematten-Crew gegenüber, die ihn auf dem Weg zur Raucherecke entdeckt und umringt hatte. Nur Alva fehlte.

„Hamid ist heute auch nicht aufgetaucht."

„Wir dachten schon, ihr habt euch vielleicht zusammen einen schönen Vormittag gemacht. Hand in Hand am Strand oder so. Vielleicht gibt es ja Dinge, die wir gar nicht ahnen!"

Marius lachte am lautesten und fand sich ungeheuer witzig, aber Felix reagierte überhaupt nicht. Er war sofort alarmiert. Wieso war Hamid nicht in die Schule gekommen? War er sauer auf ihn? Hatte er wegen ihm Ärger bekommen? Was für ein Mist.

„Felix! Nun sag schon was!" Vince griff nach seiner Hand und zog ihn hoch. „Wir haben gleich zwölf! Wo warst du?"

„Hab verschlafen."

„Wow, wow, wow, das ist ja noch nie passiert", ätzte Marius weiter, „zu viel trainiert oder was?"

„Trainiert?" Felix fühlte sich überfordert.

„Ey, sag mal, erinnerst du dich noch daran, wer du bist?!" Die Gruppe setzte sich in Bewegung und Felix murmelte: „Kann schon sein."

Sie drängelten sich zwischen den anderen Schülern durch und er geriet an Pufu, der leise von der Seite fragte: „Alles okay, Mann?" Felix zog die Schultern hoch und nickte.

„Wann machen wir endlich unseren Waldlauf? Ich hab dir bestimmt schon dreißig Nachrichten aufs Handy geschickt!"

„Muss ich mal wieder aufladen."

„Samstag? Oder Sonntag?"

„Okay."

„Was denn jetzt?"

„Ist beides gut."

Als sie in der Raucherecke angekommen waren, zog Einar einen Zettel aus der Hosentasche und strich die verknitterten Stellen glatt.

„So, Leute, hier ist der Plan für unsere Hängematten-Ecke."

Pufu unterbrach ihn. „Die Ecke kannst du gleich mal weglassen. Hängematte reicht."

„Aber es bleibt ja trotzdem eine Ecke vom Gelände." Einar gefiel es nicht, unterbrochen zu werden.

„Junge, die Leute sind nicht so dumm, dass sie das gedanklich nicht hinkriegen. Nur weil das mal die Raucherecke war, muss das jetzt nicht Hängematten-Ecke heißen. Einfach Hängematte, das reicht."

Vince klopfte Einar leicht auf die Schulter. „Ist doch jedem klar: Ein Ort zum Abhängen."

Einar rollte mit den Augen. „Okay, wie ihr wollt. Ich hab hier jedenfalls aufgelistet, was wir alles brauchen und was es etwa kosten wird." Einar reichte den Zettel rüber zu Felix.

„Kannst du uns vielleicht so 'ne richtig schöne Zeichnung machen, wie das alles am Ende aussehen soll?"

Vince klopfte nun ihm auf die Schulter und schmeichelte: „Irgendwie ist uns zu Ohren gekommen, dass du super zeichnen kannst! Wir müssen unsere Verschönerungspläne schließlich beim Direktor einreichen!"

„Also, ihr wollt die Raucherecke so gezeichnet haben, wie sie am Ende aussehen soll, mit Stühlen und Blumen und so?"

„Ganz genau", sagte Vince. „Der Direktor muss vom ersten Moment an vollkommen hin und weg von unserer Idee sein, verstehst du! Da darf nicht der Hauch eines Zweifels aufkommen, dass dieses Projekt unbedingt in die Tat umgesetzt werden muss!"

Marius lachte. „Ich denk mal, der wird heilfroh sein, wenn es hier nichts mehr gibt, was auf dem Gelände nur entfernt nach Raucherecke aussieht."

„Ui, Marius denkt! Das ist ja mal etwas ganz Neues!", frotzelte Vince. „In diesem Fall aber hat er recht. Also, was ist, Junge, machst du das mit der Zeichnung?"

Felix schaute weiter auf den Zettel. Und nickte.

57

Das Leben tut so, als sei alles völlig normal. Aber die anderen haben keine Ahnung, dass ich mich wie ein Außerirdischer fühle, dem sein unsichtbarer Commander die ganze Zeit im Nacken hockt und verlangt: Spiel einfach mit! Es merkt schon keiner, dass du anders bist als alle anderen. Ich beneide Juri, der einfach weinen kann. Aber wem soll ich von diesem Monster erzählen, das mich ständig überfällt?

58

„Tempo drei und watscheln bitte!"

Oh, Mann, was hatte sich die rote Olli da wieder ausgedacht? Watscheln ging eigentlich nur in langsamem Tempo.

„Alle Leute mit grünen Socken auf die Neun! Der Rest hüpft auf der Stelle."

Pufu war der Einzige auf der Neun. Was hatte er auch immer so unmögliche Socken an!

„Wackelpudding!"

Vince sah aus, als stünde er unter Strom. Da kam schon der nächste Wechsel beim Aufwärmen.

„Blick in die Ferne!"

Felix beschirmte mit einer Hand seine Augen und schaute, ob Hamid nicht vielleicht doch noch aufgetaucht war. Der Gedanke an ihn bereitete ihm weiter Bauchschmerzen. Er sah wieder den Hamid vor sich, der in die Musik versunken war. Der ihn so freundlich zum Abendessen eingeladen hatte. Und dann hatte er ihn einfach so stehen lassen. Was fing er aber auch von der Tasche an! Eigentlich war es sogar gut, dass Hamid nicht da war. Aber wo war Alva? Er konnte sie nirgendwo entdecken.

„Halm im Wind!"

Er musste mit ihr sprechen. Wegen Juri und überhaupt. Von seinem Platz aus reckte er den Kopf und sah, dass sie plötzlich abgehetzt in der Tür erschien und sich schnell in dem Bereich der Halle aufstellte, den die kleine dünne Frau mit der harten Stimme und den immer schwarzen Klamotten nicht einsehen konnte.

„Zeitraffer!"

Jeder bewegte sich so, wie er wollte, aber in superschnellem Tempo kreuz und quer durch den Raum.

„Freeze!"

Als hätte jemand einen Schalter umgelegt, blieben alle wie angewurzelt stehen. Felix mochte diese Position besonders, bei der man in seiner Bewegung eingefroren dastand, manchmal ein Bein in der Luft balanciert werden musste und Arme im Zickzack in der Luft hingen.

„Formation!"

Die Schauspieler verließen ihre eingefrorenen Bewegungen, kamen blitzschnell zusammen und mussten sofort entscheiden, ob sie sich in einem Kreis, einer Reihe oder in einer anderen Form gemeinsam aufstellen wollten.

Plötzlich war Alva an seiner Seite, fasste ihn um die Hüfte und sie bildeten zusammen mit den anderen einen Keil. Felix versuchte das prickelnde Gefühl zu ignorieren, das die Berührung in seinem Bauch verursachte.

„Da bist du ja endlich", flüsterte sie. „Hast du heute Nachmittag Zeit?"

In diesem Moment tauchte Dimi auf der Bildfläche auf. Die

rote Olli klatschte dreimal in die Hände und das Aufwärmtraining war beendet.

„Klar", konnte Felix gerade noch zurückflüstern, dann versammelten sich alle um Dimi, der mit den Sprechübungen weitermachte.

„P-T-K-P-T-K", stieß er die Konsonanten aus seinem Mund und machte dazu abwechselnd mit jedem Arm Boxbewegungen.

59

Sonnenklar! Ich schwimme in einem Meer von Zeit, die mich zu verschlingen droht. Und wenn ich dann mal einen Plan habe, kommt mir irgend so ein Hamid dazwischen und es geht doch wieder schief. Aber wenn Alva mich fragt, dann gibt es vielleicht doch eine Chance, dass es gut wird. Ihr schönes Lachen hat sich in einer Ecke von mir eingenistet und geht nicht mehr weg. Eigentlich wünsche ich mir nichts mehr, als in ihrer Nähe zu sein. Heute strahlt sie noch mehr als sonst. Richtig glücklich sieht sie aus. Ganz im Gegensatz zu mir. Was will sie bloß von mir? Ich bin doch nur ein mieser Überlebensversuch. Wenn sie wüsste, wie ich wirklich bin, würde sie mich gar nichts mehr fragen. Schätze ich mal.

60

„Katastrophenalarm!"

Dimi wechselte zu einer anderen Übung, die darin bestand, das vorgegebene Wort in verschiedenen Lautstärken deutlich und konzentriert auszusprechen. Vom Flüstern bis zum Schreien reichte die Kurve, zu der sich die Schüler entsprechend bewegten.

„Monsterspinne!"

Felix sah, dass Manu die Hände vors Gesicht schlug. Sie hätte das Wort am liebsten gar nicht in den Mund genommen. Als sie alle beim Schreien angekommen waren, setzte sie noch einen Kreischer drauf. Dimi ließ alle zu einem Kreis zusammenkommen, und einer verknüpfte sich mit dem anderen, indem er die Arme der Person rechts und links neben sich auf die Schulter legte. „Gehen wir auf die Jagd?"

„Jaaa!"

„Auf Monsterspinnenjagd!"

„Und wir haben gar keine Angst!"

Dimi löste sich aus dem engen Kreis und gab damit das Zeichen für alle, einen Arm in die Luft zu recken. „Denn wir haben ein Messer."

„Und ein Gewehr!"

Die Gruppe reckte nun auch den anderen Arm in die Luft. Alle kannten das Spiel in und auswendig und mochten es trotzdem, sich in eine Horde wilder Jäger zu verwandeln, die gegen ihre eigene Angst ankämpfte.

Dimi setzte das Spiel mit der nächsten Wendung fort: „Huch, was ist das?"

„Ein Wald!"

„Da können wir nicht drüber."

„Da können wir nicht drunter."

„Da müssen wir durch!"

Felix wechselte wie alle anderen seinen Platz und schlich auf die andere Seite des Kreises, als träte er im dunklen, knisternden Wald auf Zweige und Geäst.

„Knick, knack, knick, knack, knick, knack ..."

Ein Messer in der Hosentasche ist eigentlich eine ziemlich gute Idee, ging es ihm durch den Sinn.

„Geschafft!"

Dann ging die Monsterspinnenjagd von vorne los, durch den Sumpf, den See bis in die Höhle, in der das eklige Biest hauste.

„Da müssen wir rein!" Alle kniffen die Augen zu, denn in der Höhle war es ja dunkel, und tasteten sich gegenseitig ab.

„Sie ist weich.“

„Sie ist warm!“

„Hey, Marius, Pfoten weg!“

Felix schaffte es nicht, seine Augen geschlossen zu halten. Die Körper, die sich so nah aneinander drängten, waren ihm schrecklich unangenehm.

„Sie ist haarig.“

„Aaah, die Monsterspinne!“

„Bloß weg hier!“

Alle liefen auseinander, einmal durch den ganzen Spiegelsaal und kamen dann wieder eng im Kreis zusammen. Dort schüttelten alle ihre Arme und Beine, nach Wackelpuddingart, und setzten sich dann auf den Boden.

„Und? Wie fühlt ihr euch jetzt – stärker oder schwächer?“

„Stärker!“

„Super stark.“

„Mega.“

61

Ich fühle mich megascheiße! NIEMAND soll mich antatschen. Plötzlich von hinten. Aus dem Nichts. ES ist wieder da. Es lässt mich einfach nicht in Ruhe. Selbst hier in der Schule bin ich nicht sicher vor ihm. Wie ekliger grüner Schleim kommt es aus dem Boden gekrochen und hängt sich an mich, tackert mich am Boden fest, sodass ich mich nicht mehr bewegen kann. Geh doch weg. HAU AB.

62

„Felix?“ Alva hockte sich neben ihn auf den Boden. „Alles okay mit dir? Willst du hier noch eine Weile liegenbleiben oder sollen wir gehen?“

Felix öffnete die Augen. Alvas langes Haar hing wie ein Vorhang vor seinen Augen. Gerne hätte er sich hinter diesem Schleier verborgen. Versteckt vor dem Monster, das ihn nicht in Ruhe ließ. Weich und duftend musste es dort unter ihrem Wasserfall aus Haaren sein, ein zartes Versteck, in dem seine Wunden heilen konnten.

„Felix?“

Er stützte sich auf seine Unterarme und schaute Alva an.

„Gehen wir?“

Alva lächelte ihr umwerfendes Alva-Lächeln.

„Bist du eingeschlafen, oder was? Von mir aus können wir sofort los, aber musst du nicht erst mal nach Hause? Und hast du kein Training?“

Felix schüttelte den Kopf und setzte sich auf.

„Das ist super, dann können wir direkt zu mir gehen.“ Alva streckte ihre Hand aus und Felix ließ sich hochziehen.

„Sind alle schon weg?“ Er schaute sich im leeren Spiegelsaal um, den Dimi gerade als Letzter verließ. Er winkte ihnen von der Tür her zu.

„Macht’s gut, ihr beiden. Wir sehen uns nächste Woche. Und Alva – wegen Juri reden wir noch mal.“

Felix war etwas verwirrt und staunte im Stillen darüber, dass er gar nichts vom Ende der Stunde mitbekommen hatte. Was war mit Juri? Hatte er auch mit Alva darüber geredet, dass er gerne im Theater mitspielen wollte? Sie hatte anscheinend direkt mit Dimi darüber gesprochen. Er selbst hatte es sofort wieder vergessen. Oder gedacht, dass Juri sowieso keine Chance hatte, dabei zu sein. *Ich bin so ein mieser Freund*, dachte er und ließ sich von diesem Gedanken gleich aufs Neue runterziehen. Alva dagegen glühte wie ein Feuerball vor guter Laune.

„Vielleicht gibt es doch eine Chance, dass Juri beim Theater dabei ist. Dimi war jedenfalls nicht ganz abgeneigt, darüber nachzudenken. Gut, nicht wahr? Vielleicht gibt es ja auch jemanden, der ihn in seiner Spiegel-Story dabeihaben will. Hast du dir schon was ausgedacht?"

Oh, Mann, dachte sie, dass er den ganzen Tag nichts anderes zu tun hatte, als über solchen Kleinkram nachzudenken?

„Nö, keinen Plan. Du?"

Sie lächelte verschmitzt. „Ich arbeite noch dran. Aber ich hab schon ein paar Ideen."

„Bist du deshalb so gut gelaunt?" Alva schaute erstaunt zu Felix hinüber.

„Doch nicht deshalb! Trotzdem ist heute ein besonderer Tag, denn endlich ist ES da. Und ich will es dir als Allererstem zeigen."

„ES?"

63

Wie merkwürdig ist das denn? Steckt Alva mit dem Monster unter einer Decke? Haben sich alle zusammengetan, um mich zu vernichten? Wem kann ich überhaupt noch trauen? Ich weiß plötzlich nicht mehr, was normal ist und was nicht. Am liebsten würde ich Alva einfach stehen lassen und wegrennen. Aber ich will doch bei ihr sein! Wieso ist die Welt nur so schrecklich kompliziert?!

64

„Felix, mach nicht so ein entsetztes Gesicht! Es ist nichts Schlimmes. Ich freue mich einfach nur tierisch, dir jemanden vorzustellen. Vorgestern ist er angekommen und hat sich schon ein bisschen eingelebt. Ich verrate nur so viel: Er mag Äpfel und Zucker!"

Felix lächelte zaghaft und war ein bisschen erleichtert.

„Okay. Sorry. Dann bin ich mal gespannt."

An der Ecke, an der sie sich sonst immer trennen mussten, war es ganz neu, jetzt gemeinsam weiterzugehen. Irgendwo tief drinnen spürte Felix ein freudiges Gefühl zurückkommen. Wie viel besser war es, nach der Schule nicht allein zu sein.

„Erst mal machen wir uns was zu essen!" Alva kramte den Hausschlüssel aus ihrer Hosentasche und hüpfte die Eingangstreppe hinauf.

„Komm rein, du kennst dich ja schon aus", sagte sie, warf ihren Rucksack im Flur ab und lief in die Küche.

„Worauf hast du Lust: Linsen und Gemüse oder Kartoffelauflauf? Hab beides im Angebot. Und willst du wieder einen Gurkendrink?"

Felix war an der Küchentür stehen geblieben und schaute zu, wie Alva verschiedene Schüsseln aus dem Kühlschrank holte.

„Du wolltest mir doch jemanden vorstellen."

Alva lachte. „Hier doch nicht. Da gehen wir nach dem Essen hin."

Felix kapierte immer noch nichts. Wie auch? Er hatte keinen blassen Schimmer, worum es gehen könnte.

„Papa hat schon gegessen, also vom Kartoffelauflauf ist nicht mehr viel übrig. Aber für eine Portion reicht es auf jeden Fall."

„Ist dein Vater zu Hause? Und wo ist Julius?" Felix wusste nicht so genau, was er tun sollte. „Kann ich irgendwas helfen?"

Alva schob den Kartoffelauflauf und das Linsengemüse in den Backofen.

„Setz dich einfach irgendwohin, ich schaff das schon." Sie grinste zu ihm rüber. „Papa ist wahrscheinlich in seinem Zimmer und ruht sich aus oder arbeitet etwas."

„Sitzt er schon immer im Rollstuhl?" Felix senkte seine Stimme, damit Alvas Vater ihn nicht hören konnte. Er wusste ja nicht, wo sein Zimmer war.

„Er hatte einen Unfall, als wir noch ganz klein waren, seitdem sitzt er im Rollstuhl. War hart für ihn, denn er ist Archäologe von Beruf und ist vor dem Unfall ziemlich viel in der Welt unterwegs gewesen, um die Überreste irgendwelcher alter Kulturen auszugraben! Damit war's dann vorbei, und er hat erst mal ganz lange keinen Job mehr gefunden. Aber ich fand das richtig toll! Er war immer zu Hause, und wenn wir draußen waren und ich keine Lust mehr hatte zu laufen, durfte ich mich auf seinen Schoß setzen und bin mitgefahren."

Alva fing an zu lachen. „Weißt du, was ich gesagt habe, als meine Lehrerin im ersten Schuljahr gefragt hat, was wir mal werden wollen?"

„Archäologin?"

„Ne, Rollstuhlfahrerin!"

Felix grinste. Alva drückte ihm zwei Teller und Besteck in die Hand. „Ich hab erst viel später kapiert, wie schlimm das alles für Papa war. Nicht nur die ganzen Operationen und Behandlungen, er konnte jahrelang nicht damit fertig werden, dass er nicht aufgepasst hat und von diesem Gerüst heruntergefallen ist. Ich glaube, er fühlte sich nur noch wie ein halber Mensch und so, als wäre er nichts mehr wert. Aber zu einem Psychologen wollte er auf keinen Fall. Er dachte, er würde das alles allein schaffen. Wer weiß, was passiert wäre, wenn Mama nicht so hartnäckig gewesen wäre. Irgendwann hat sie gesagt: ‚Wenn du nicht endlich eine Therapie machst, lasse ich mich scheiden!'"

„Und dann ist er zu so einem Psychodoktor gegangen?"

„Ja, und erzählt seitdem jedem, der irgendein Problem hat, wie sehr ihm das geholfen hat!"

„Und deine Mutter?"

„Die ist auch manchmal mit zu diesem Psychologen gegangen."

„Nee, ich meinte, was arbeitet die?"

„Ach so, die macht Radiosendungen, Sport und Politik und sowas. Ist die meiste Zeit im Sender."

„Und wer macht dann hier das Essen und so?“

„Na, ich.“ Alva zog sich dicke Küchenhandschuhe über und holte die Schüsseln aus dem Backofen wieder heraus.

„Los, mach schon und stell die Teller auf den Tisch, wir können essen!“

65

Sie ist einfach so großartig. Macht diesen ganzen Küchenscheiß mit links und ist auch noch gut gelaunt dabei. Oder etwa nicht? Es ist saugemütlich, hier zusammen mit ihr zu essen. Wir sitzen wieder an dem Tisch, an dem Juri neulich zur Nachhilfe saß. Mindestens sechs Leute können an diesem Tisch sitzen, in diesem Wohnzimmer, in das die Sonne hereinscheint. Mama und ich sitzen immer nur zu zweit in der Küche. Die Sonne hat keine Chance. Bei Alva merkt man sofort, dass viele Leute hier wohnen. Auch an der Unordnung. Aber es ist eigentlich keine Unordnung, es liegen nur ein paar Sachen herum. Zeitungen, ein Pullover, Krücken. Mama würde das nicht gefallen. Jedenfalls nicht im Wohnzimmer. Mein Zimmer ist ihr egal. Wie ist wohl das Leben mit einem Vater? Auch wenn er im Rollstuhl sitzt, aber er ist da. Hoffentlich kommt er jetzt nicht aus seinem Zimmer. Es ist schön, dass wir allein sind. Das Essen ist zwar ein bisschen komisch. Aber schmeckt. Alvas Haar liegt auf ihrer Schulter wie ein Wasserfall aus Honig. Wieso kann sie immer lächeln? Was will sie mir bloß zeigen? Oder besser gesagt: Wen?

66

„Wo ist denn eigentlich dein Bruder? Schon wieder zurück nach München?“

Alva schüttelte den Kopf. „Hat einen Termin in der Stadt, der wohl bis zum Abend dauert. Irgendwas an der Uni. Aber er ist noch die ganze Woche hier bei uns und freut sich, wenn du noch mal kommst und ihm im Garten hilfst. Außerdem wollte er dich auch etwas fragen. Wegen Schwimmen oder so."

„Wieso?"

Felix bekam sofort Herzklopfen und fühlte sich nicht mehr wohl in seiner Haut. Er hatte doch mit Julius gar nicht übers Schwimmen gesprochen.

„Nachdem du das letzte Mal bei uns warst, hat Julius mich gefragt, ob du öfter kommst und ich meinte, dass du gar nicht so viel Zeit hast, weil du eigentlich fast jeden Tag zum Training gehst."

In diesem Moment biss Felix auf etwas Hartes, das zwischen die Linsen geraten war und spuckte den Bissen zurück auf seinen Teller. Alva sprang auf, holte eine Papierserviette und reichte sie ihm ein bisschen angewidert herüber.

„Sorry", sagte Felix und nahm einen Schluck Wasser, „da war irgendetwas Komisches zwischen den Linsen. Tut mir echt leid." Er legte die Serviette über die ausgespuckte Pampe und schaute vorsichtig zu Alva hinüber. Sie aß ungerührt weiter.

„Mach dir keine Gedanken, ich bin abgehärtet. So ein älterer Bruder kann echt eine Plage sein. Er hat jahrelang versucht, mich beim Essen aus der Fassung zu bringen, indem er mir irgendwas von schleimigen Würmern erzählt hat, nur um an das Stück Fleisch zu kommen, das bei mir noch auf dem Teller lag."

„Hat er es bekommen?"

Alva lachte. „Wo denkst du hin! Ich habe einfach an etwas anderes gedacht und mein Stück Fleisch weitergegessen bis nichts mehr übrig war." Sie schaute verschmitzt von ihrem Teller auf. „Heute kann uns das nicht mehr passieren! Julius ist Vegetarier geworden. – Willst du noch Nachtisch?"

Felix nahm die letzte Gabel Gemüse. „Wenn es kein Linsenpudding ist."

Alva putzte sich mit ihrer Serviette den Mund ab und lachte schon wieder.

„Keine Sorge, unser Linsenkonsum hält sich in Grenzen. Aber ich sollte vielleicht mal versuchen, ob sich Pudding nicht auch damit machen lässt. Und du wirst mein Testesser!“ Sie lief in die Küche und kam mit einer Schüssel Mandarinenquark und Schokostreuseln zurück.

„Julius war auch mal in diesem Schwimmverein. Ist aber schon mindestens zehn Jahre her. Es gab dann irgendwelchen Ärger und er ist nicht mehr hingegangen.“

„Und wieso?“

„Keine Ahnung, ich war damals erst vier und hab das alles nur am Rande mitbekommen. Meine Eltern waren allerdings richtig sauer, daran kann ich mich noch erinnern.“

67

Dieses verdammte Schwimmbad! Warum kann mich das nicht einfach mal in Ruhe lassen?! Klar waren die Eltern sauer, so wie Mama ja auch sauer ist, wenn ich sage, dass ich nicht mehr schwimmen gehen will. Alle Eltern sind so. Deshalb kann man ja auch nicht mit ihnen reden. Sie wollen immer nur das Beste, aber was das Beste ist, das wissen sie gar nicht. Ich frage mich, ob Julius das Monster auch kennt. Die ganze Zeit kriecht es schon wieder um mich herum und streckt seine vielen Arme nach mir aus. Unerbittlich versucht es, mir den Hals zuzudrücken. Alvas Lächeln vertreibt es wieder. Kann sie nicht immer bei mir sein?

68

Felix räumte die Teller in die Spülmaschine und dann tauchte Alvas Vater doch noch auf. Unbemerkt rollte er heran. „Hallo Felix, schön, dass du mal wieder da bist. Da ihr gerade in der Küche seid: Wisst ihr, was ein Thermopolium ist?“

„Papa!“ Alva verdrehte die Augen.

„Ja, was?“ entgegnete der Vater. „Gerade haben sie in Pompeji eines ausgegraben.“

„Ja, und?“

„Ja, was: Ja, und? Da denken die Leute immer, McDoof wäre eine Erfindung des zwanzigsten Jahrhunderts, aber Schnellimbisse gab es schon bei den alten Römern. Und dort gab es sicher besseres Essen als Burger und Pommes.“

„Ach, ja?“

Felix wunderte sich über diesen kleinen Schlagabtausch zwischen Alva und ihrem Vater. So bissig hatte er sie noch nie erlebt.

„Und was gab es in den Imbissbuden der Römer?“, fragte er.

Der Vater warf Alva einen triumphierenden Blick zu. „Na, wenigstens einer, der sich für Archäologie interessiert!“

„Papa! Felix muss sich das auch nicht jeden Tag anhören!“

Der Rollstuhlvater ignorierte ihren Einwand. „Also, es gab Linsengerichte, Bohnengemüse, Kichererbsenbrei oder Erbsensuppe, außerdem Hühnerragout und Wein, der mit heißem Wasser vermischt wurde.“

„Und woher weiß man das alles? Wurden all diese Gerichte mit ausgegraben?“

Alva stand mit verschränkten Armen gegen ein Küchenmöbel gelehnt und betrachtete spöttisch die private Vorlesung, der sie da gerade beiwohnten.

„Pompeji hast du schon mal gehört? Neunundsiebzig nach Christus, der Vulkanausbruch des Vesuvs! Die Vulkanasche hatte alles bedeckt und konserviert – bis die Archäologen zweitausend Jahre später entdeckt haben, was sich da alles unter der Erde verbirgt. Und immer noch kommt etwas Neues ans Tageslicht, wie zum Beispiel dieses Thermopolium. In einem Topf war sogar noch Wasser aus der Römerzeit vorhanden! Ich sage dir, alles, aber wirklich alles kommt wieder zum Vorschein, wenn man nur danach sucht!“

„Amen!“

Alva stieß sich von der Anrichte ab und erklärte damit das Gespräch für beendet.

„Felix hat leider keine Zeit mehr für deine hochinteressanten Erläuterungen, denn wir wollen zum –“ Sie beugte sich zu ihrem Vater hinunter und flüsterte ihm etwas ins Ohr.

„Ach so! Na, dann mal los“, sagte er, „ich will euch nicht im Weg stehen. Aber als Rollifahrer passiert das schon mal.“ Er lachte und wendete seinen Rollstuhl, sodass Alva und Felix an ihm vorbei aus der Küche gehen konnten.

69

„Schau, da sitzt es!“ Felix wies mit dem Zeigefinger hinauf in den Baum. Auf ihrem Weg durch den Park hatte sie das unglaubliche Gezwitscher aus allen Hecken und Bäumen schon die ganze Zeit begleitet. Alva blieb stehen und beschirmte mit der Hand ihre Augen.

„Unglaublich, dass so ein kleines Rotkehlchen, so laut singen kann“, sagte sie. „Wenn Einar jetzt hier wäre, könnte er uns bestimmt erklären, wie sie das machen.“ Felix fing an zu lachen. Wie einfach das mit Alva war!

„Ich schätze, der wird mal Biologieprofessor!“

„Könnte sein“, stimmte Alva zu, „vielleicht aber auch Meereskundler oder sonst irgendein Forscher. Wusstest du, dass seine Eltern ihn adoptiert haben?“

„Waas? Echt? Woher weißt du das?“ Felix sah in seinem Kopf den baumlangen Einar vor sich, der in einer Blase aus Einsamkeit zu schweben schien. Er fragte sich, ob Einar seine Eltern trotzdem Mama und Papa nannte. Aber gleichzeitig kam ihm dieser Gedanke ziemlich blöd vor, denn er hatte ja schon selbst gehört, dass Einar seine Eltern an einem Lehrersprechtag, an dem sie beide warten mussten, so genannt hatte.

„Einmal hab ich Einar beim Zahnarzt getroffen, das Wartezimmer war leer, aber es dauerte trotzdem ewig, bis einer von uns drankam. Irgendwie sind wir dann darauf gekommen, ich glaube, weil er etwas sagte wie: Schade, dass ich nicht so gute Zähne habe wie meine Eltern. Leider konnten sie mir das nicht vererben."

„Ist ja krass, so einfach hat er darüber gesprochen?"

„Gut, nicht wahr! Ich weiß nicht, ob ich das könnte. Dass mein Vater im Rollstuhl sitzt, weiß eigentlich auch niemand in der Schule. Wozu auch, es gibt ja doch immer nur blödes Gerede."

70

Blödes Gerede kann niemand gebrauchen, das stimmt. Deshalb kann man ja mit niemandem über die wirklich krassen Dinge sprechen. Oder nur manchmal, wenn die Gelegenheit sich ergibt. Oder wenn einer überhaupt keine Angst hat, so wie Einar. Wahnsinn, dass er davon erzählt hat. Natürlich nicht jedem! Aber Alva. Ist ja auch kein Wunder. Trotzdem finde ich das sehr mutig. Andererseits – Eltern, die nicht die eigenen sind – wenn sie nett sind, ist das ja vielleicht auch nicht so ein riesiges Problem. Könnte mir vorstellen, dass Einar nie so wirklich schlimm auffällt, dass sie ihn nicht gezeugt haben. Am Ende ist das womöglich gar nicht so wichtig. Immerhin hat er Eltern, also Mutter und Vater. Das ist schon mehr als ich vorzuweisen habe. Auf jeden Fall ist es toll, dass Alva mit mir darüber gesprochen hat. Vielleicht denkt sie, dass es bei mir gut aufgehoben ist? Ich habe auch etwas für sie.

71

„Wusstest du, dass Hamid in Weilersdorf wohnt?“

Sie hatten schon fast den See erreicht, da tauchte am Wegesrand eine Bank auf, die von großen, blühenden Forsythiensträuchern umwachsen war. Alva setzte sich mitten in dieses Gelb hinein.

„Ich hab’s mir gedacht.“

Felix blieb vor der Bank stehen.

„Wieso gedacht?“

„Na ja, eine Weile musste Papa in Weilersdorf zur Physiotherapie und ich bin mit, weil er es allein mit dem Bus nicht schaffen konnte. Während er in der Behandlung war, bin ich dann in Weilersdorf herumgelaufen, um mir die Zeit zu vertreiben. Da habe ich Hamid ein paarmal von Weitem gesehen. Also, ich bin mir ziemlich sicher, dass es Hamid war, und der lief da bestimmt nicht gerade nur zufällig herum. Aber wir haben dann in der Schule nie darüber gesprochen. Er ist ja eher so ein verschlossener Typ und ich hab nicht mehr daran gedacht. Warst du mal bei ihm zu Hause?“

Felix setzte einen Fuß auf den Rand der Bank und machte so eine Art Kniebeuge.

„Er wohnt in einem Hochhaus mit blauen Balkonen in der siebzehnten Etage. Von dort hat man echt einen krassen Blick in die Gegend.“

„Ich wusste gar nicht, dass ihr befreundet seid!“

„Sind uns auch nur zufällig begegnet.“

„Und da hat er dich gleich zu sich nach Hause eingeladen?“

„Hat sich einfach so ergeben.“

Felix merkte, wie ihn Alvas Nachfragen verunsicherte. Sollte er erklären, warum er überhaupt in Weilersdorf gewesen war? Hoffentlich bohrte sie nicht weiter! Warum war er mit zu Hamid gegangen? War es nicht wegen der Aussicht gewesen? Hatte

Hamid ihn in eine Falle locken wollen, um zu erfahren, was mit der Sporttasche los war? Konnte man überhaupt irgendjemandem vertrauen? Wollten alle einen immer nur in die Pfanne hauen?

„Felix? Bist du bald fertig mit deinem Stretching?"

Er nahm den Fuß von der Bank, hüpfte ein wenig auf der Stelle auf und ab und boxte dabei ein paar Mal in die Luft. Dann schob er einen Holzklotz, der am Rand des Weges herumlag, näher heran und setzte sich Alva gegenüber.

„Ich glaube, es ist Hamid peinlich, in Weilersdorf zu wohnen. Hochhaussiedlung und so. Aber die Aussicht war super."

Alva überlegte.

„Eigentlich fand ich es dort gar nicht so schlecht. Da ist wenigstens was los! All die Kinder, die auf den Plätzen spielen, und Leute, die auf den Bänken sitzen und sich unterhalten. Warst du mal in Italien? Da ist es ganz ähnlich, und alle finden es toll. Aber wenn Türken und Araber bei uns so leben, schreien die Leute gleich ‚Hilfe'! Wo wir wohnen, herrscht dagegen doch die pure Ödnis."

„Stimmt. Trotzdem möchte ich nicht in so einem Hochhaus wohnen. Weißt du, wie es da im Hausflur aussah? Alle Wände vollgekritzelt. Echt asi."

Alva schaute hinauf in den blauen Himmel.

„Die Gegend hat einen schlechten Ruf, da hast du recht. Aber nicht alles, was einen schlechten Ruf hat, *ist* auch schlecht. Manchmal ist es auch umgekehrt."

Felix betrachtete Alvas schmale Gestalt, wie sie dort auf der Bank wie hingegossen saß, oder fast lag und hätte sie ewig einfach nur betrachten können.

„Alles hat doch immer auch eine andere Seite, die es anzuschauen lohnt."

72

Meine Güte, ich will immer nur sie anschauen! Und wenn sie so in den Himmel blickt, hab ich freie Bahn und sie merkt gar nicht, wie meine Augen an ihr kleben. Bin ich deshalb ein Spanner? Mit den ganzen gelben Blüten drum herum sieht sie aus wie eine Königin. Mein Herz klopft wie verrückt. Wo wir hingehen und wen sie mir vorstellen will ist mir vollkommen gleichgültig. Von mir aus können wir ewig hier so sitzen bleiben. Aber nicht so weit weg voneinander. Ich möchte ihre Haare anfassen und meinen Arm um sie legen. Doch nie, niemals, wird das so sein. Immer, wenn ich das denke, taucht ein widerliches Bild in meinem Kopf auf. Ich fühle mich wie im Märchen, als dieses heiße, schleimige Pech über dem Mädchen ausgegossen wird. Wie hieß das noch? Papa hat es mir früher so oft vorgelesen und ich hatte immer Angst. Davor, dass ich so voller dreckiger Schmiere sein könnte, die nie mehr von mir abgeht. Als hätte ich es damals schon geahnt.

73

„Felix? Was ist los? Bist du müde oder traurig oder warum hast du den Kopf so zwischen deinen Armen vergraben?"

Er blickte wieder auf. „Ach. Ist nur ziemlich unbequem auf diesem Holzklotz."

„Dann lass uns weitergehen. Wir sind sowieso gleich da."

Alva stand auf und band ihre Haare zu einem Knoten am Hinterkopf zusammen. Dann reichte sie Felix eine Hand, damit er besser aufstehen konnte.

„Oh, mein Bein ist eingeschlafen." Felix verzog das Gesicht, als er den Fuß auf den Boden setzte und schüttelte sich. „Das kribbelt wie tausend Ameisen!"

Er humpelte neben Alva her und nach hundert Metern hatten

sie den Weg, der um den See herumführte, erreicht. Alva schlug den Pfad nach links ein.

„Kommst du manchmal hierher zum See?“, fragte sie.

„Selten“, antwortete Felix und dachte an das letzte Mal, als er unter dem Baum gesessen hatte. *Ich kann doch nicht sagen: Ja, manchmal, wenn ich verzweifelt bin. Wenn ich nicht mehr weiterweiß. Wenn ich alles nicht mehr aushalten kann. Wenn ich Zeit totschlagen muss.*

Die Richtung, in die sie nun gingen, lag abseits der Wege, die Felix kannte. Vielleicht hatte er sie aber auch einfach vergessen, er kam ja tatsächlich nicht oft hierher.

„War ganz schön anstrengend, Papa zu überzeugen!“ Alva lachte wieder ihr typisches Alva-Lachen und wies mit der Hand auf ein umzäuntes Gelände. Beim Näherkommen erkannte Felix, dass es sich um eine Pferdekoppel handelte. Sofort kam aus dem angrenzenden Unterstand ein Tier mit wehender Mähne angelaufen.

„Hallo, mein Schöner“, begrüßte Alva das dunkelbraune Pferd und legte ihre Arme um seinen Hals. Das Tier schnaubte leise und schaute Felix aus großen Augen an.

Diese Wimpern! Und dieses glänzende Fell! So ein schönes Pferd.

„Darf ich vorstellen, das ist mein neuer Freund Pontos!“

Felix streckte seine Hand aus und streichelte vorsichtig Stirn und Nasenrücken des stämmigen Pferdes.

Er ist gar nicht so riesig, wie ich Pferde in Erinnerung habe und sehr zutraulich! Ich glaube, kein Mensch hat mich jemals so aufmerksam angeschaut.

„Pontos? Mensch ist der schön!“ Es kam Felix so vor, als hätte sich ein schwerer eiserner Riegel in seinem Inneren gelöst und ein Tor wäre aufgegangen. Er strahlte Alva an.

„Das ist deiner?“

Sie bückte sich, riss ein Büschel Gras aus und hielt es Pontos hin.

„Na ja, sagen wir: zur Hälfte. Papa wird mit Pontos Therapiestunden bekommen und ich darf ihn reiten, wann ich will." Alva öffnete das Gatter und sie gingen auf die Koppel. „Komm, du kannst es auch probieren, wenn du willst."

„Aber ich hab noch nie auf einem Pferd gesessen!" Felix war erschrocken und erfreut zugleich.

„Macht nichts! Du wirst sehen, mit Pontos ist es kinderleicht."

74

Ich spüre den warmen Pferderücken unter meinem Hintern und an meinen Beinen und mache einfach alle Bewegungen mit. Jeder Muskel weiß, was er zu tun hat. Ohne Sattel! Ich war total erstaunt, als Alva ein kleines Höckerchen holte und sagte: Rauf mit dir! Und tatsächlich, es funktionierte. Pontus und ich – das ist, als würden wir uns schon ewig kennen. Ich bin immer noch ein wenig aufgeregt und frage mich: Wann kommt der Haken? Aber dieses Pferd strahlt eine solche Ruhe und Sicherheit aus, ich glaube, ich kann mich entspannen. Die Zügel in meiner Hand brauche ich fast gar nicht, Pontos weiß von ganz allein, wo es langgeht. Erst ist Alva neben uns her gegangen und hat dem Pferd ab und zu auf den Hals geklopft. Jetzt haben wir den Sandplatz verlassen und Pontos läuft über das Gras. Ich muss aufpassen und den Ästen der Bäume ausweichen, die mich am Rand des Platzes streifen. Na, Rotkehlchen, kannst du mich sehen? Das ist endlich mal ein richtig großes Tier. Die magst du doch!

75

„Und wie kommt dein Vater mit seinem Rollstuhl aufs Pferd? Das klappt doch nie!"

Alva fasste Pontos am ledernen Halfter, öffnete das Gatter erneut und führte das Pferd aus dem Gelände heraus.

„Papa steigt doch nicht mit seinem Rollstuhl aufs Pferd!" Alva lachte. „Da gibt es so eine Art Kran, der ihn hochhebt. Dieses Reittraining ist super für seine Muskeln, weißt du. Seine Muskeln sind nämlich vom vielen Sitzen im Rollstuhl immer total angespannt und tun weh."

„Und Pontos hat das gelernt, so mit –"

„Behinderten, sag's ruhig. Mein Vater ist behindert, du hast es ja gesehen. Pontos ist dafür ausgebildet, dass solche Menschen auf ihm reiten. Und er ist ein Friese, das ist eine besonders friedliche und geduldige Pferderasse."

„Und wieso habt ihr ihn Pontos genannt?"

Alva bog auf den Weg ein, der um den See herumführte.

„Pontos hieß schon Pontos, bevor wir ihn bekamen. Ob das irgendwas bedeutet oder einfach ein Name ist – keine Ahnung."

76

Wir gehen und gehen. Durch hohes Gras und mit Blick auf den See. Die Bäume sind ja noch fast kahl, auch wenn hin und wieder schon ein Strauch weiß oder gelb aus all dieser Kahlheit herausleuchtet. Wir gehen und gehen und ich atme die klare Luft ein. Es sieht so aus, als müsste ich nichts anderes tun, als den Bewegungen von Pontos einfach nur zu folgen. Aber ich spüre schon, dass meine Muskeln im Rücken und an den Oberschenkeln ganz schön beansprucht werden. Aber egal, es ist einfach nur schön, auf diesem Pferd zu reiten. Pontos verwandelt mich. Ich habe das Gefühl, dass aus dem Wassermenschen ein Landmensch wird. Und Alva geht neben uns her, im gleichen Tempo, entspannt und fröhlich. Wie eine zweite Sonne leuchtet sie an meiner Seite. Als hätte das Universum mit der einen dort oben am Himmel nicht genug. Eine stille, glückliche Kraft ist zwischen uns wie eine lockere Leine, die uns verbindet und doch genug Platz lässt für jeden. Ein neues Zeitkontinuum hat sich aufgetan, in dem alles, was schlecht ist, keine Rolle mehr spielt.

77

Als Felix nach Hause kam, schloss er beschwingt die Haustür auf. Es war schon fast dunkel, und das Licht in der Küche brannte. Mama war längst zu Hause, aber warum hatte sie das Licht in der Küche angelassen? Er warf im Vorübergehen einen Blick hinein, stoppte aber erstaunt, denn da saß sie am Tisch.

„Kannst du mir mal sagen, wo du jetzt erst herkommst?"

Ihr Tonfall ließ nichts Gutes ahnen. Felix sortierte blitzschnell seine Gedanken.

„Ähm, es ist im Schwimmbad etwas später geworden. Und dann ist mir zufällig noch Alva aus meiner Klasse begegnet und wollte mir unbedingt ihr neues Pferd zeigen. Du kannst dir gar nicht vorstellen ..."

„Felix!"

„Was?"

„Du warst nicht schwimmen!"

„Wieso?"

Mama griff hinter sich und Felix war es, als bekäme er einen Schlag gegen die Brust. Die Sporttasche! Das war doch einfach nicht möglich! Das war – wie in einem Horrorfilm.

Felix starrte die Tasche an und wusste nicht, was er sagen sollte.

„Vorhin klingelten zwei türkische Männer an der Tür. Sie hatten deine Tasche irgendwo in Weilersdorf auf einem Müllplatz gefunden. Dummerweise steckte dein Schwimmausweis noch in einer der Seitentaschen! Mit Namen, Adresse und allem, was man braucht, falls das gute Stück mal verloren geht!" Mama machte eine unheilvolle kleine Pause, in der sich ihre Wut noch mehr zusammenzuballen schien.

„Ich stand vor ihnen wie eine Idiotin", schrie sie. „Konnte einfach nicht begreifen, was sie mir da erzählten! Aber es gab ja keinen Zweifel: Das ist deine Sporttasche."

Mamas Erregung verebbte ein wenig, um dann wieder aufzuflammen.

„Ich habe ihnen zwanzig Euro Finderlohn gegeben. Finderlohn! Verstehst du?“

Felix war ans Küchenfenster getreten und schaute hinaus in die Dunkelheit. So traf ihn ihr Gezeter nur von der Seite.

78

So eine Scheiße. So eine verdammte Scheiße! Warum ist das Leben so ungerecht? Warum kann nicht irgendetwas mal funktionieren? ES kriecht durch mein Hosenbein und schnürt mir mit seinen tausend Armen die Luft ab. Ich werde es nicht mehr los. Nichts soll mir gelingen. Alles zieht das Monster in den Dreck. Der schöne Nachmittag, ich schöpfe Hoffnung. Aber nur, damit anschließend wieder alles in Stücke gehauen wird. Es will mich vernichten.

79

Felix spürte eine Wut in seinem Bauch, die größer war als alles andere. Er musste sich aus diesem Klammergriff befreien und wandte sich zum Tisch und zu Mama, knallte seine Hände auf die Platte und sah sie aus funkelnden Augen an.

„Ich gehe nicht mehr schwimmen!“

Jetzt war er es, der schrie.

„Kapier es endlich!“

Spucke spritzte bis auf Mamas Kinn, und sie drehte den Kopf zur Seite.

Felix rannte aus der Küche, die Treppe hinauf in sein Zimmer und knallte die Tür hinter sich zu, dass der Putz aus dem Rahmen rieselte. Er drehte den Schlüssel im Schloss herum.

Eine halbe Minute später rappelte Mama an der Klinke. Sie schlug gegen das Holz.

„Ich will eine Erklärung, du verdammter Mistkerl“, schrie sie. „Warum lügst du mich einfach an?!“

Felix hatte sich aufs Bett geworfen und hielt sich die Ohren zu. Mama hämmerte weiter gegen seine Zimmertür.

„Ihr wart so ein verdammt gutes Team, du und Weller. Er hat dich gefördert, dir extra Stunden gegeben, nichts war ihm zu viel. Und dir auch nicht! Du konntest gar nicht genug kriegen vom Training. Und das gilt jetzt alles nicht mehr?“

„Lass mich in Ruhe“, schrie er verzweifelt. „Ich hasse dich. Hau endlich ab!“

Sie trat gegen die Tür und Felix hörte, dass sie zur Treppe ging. Dann kam sie zurück und rief: „Du hast die ganze Woche Hausarrest, das verspreche ich dir! Trau dich ja nicht, einfach wegzugehen!“

80

Die Nacht war bleischwer. Felix fühlte sich wie der einsamste Mensch auf der Erde. Er fühlte keine Verbindung mehr zu allen anderen und träumte, dass die Sterne wie Eiszapfen am Himmel hingen. Ab und zu löste sich einer und stürzte herab, um ihn zu durchbohren. Jedes Mal spürte er, wie das messerscharfe Eis in sein Fleisch schnitt.

Aber er war nicht allein.

Pontos stand in seinem Stall und wieherte leise. Der Geruch von Gras und Erde drang durch das Holz bis zu ihm hin und erfüllte ihn mit der Sehnsucht nach einem langen Ausritt.

Alva lag in ihrem Bett und fragte sich, ob sie morgen zu Vinces Party gehen sollte. Meistens waren Partys öde. Sie hatte ganz vergessen, Felix zu fragen, ob er auch kommen würde.

Hamid stand auf dem Balkon im siebzehnten Stockwerk und fror. Die Nächte waren noch kühl. Unten, wo ein Stück Wiese war, sah er kleine rote, blaue und grüne Lichtpunkte. Sie stammten von den leuchtenden Halsbändern der Hunde, die noch ausgeführt wurden. Er fragte sich, ob er jemals nach Teheran kommen würde.

Juri stellte sich vor, ein Astronautenmobil zu besitzen, mit dem man genau zehn Zentimeter über dem Erdboden unterwegs war. Es hielt an, sobald er sich mit dem Zeigefinger in die Wange pikste.

Einar saß mit seinen Eltern immer noch vor dem Fernseher. Der Film über Galileo Galilei hatte erst kurz vor Mitternacht begonnen. Er fragte sich, ob er jemals Lust haben würde, hier wegzugehen.

Vince schrieb die allerletzte Nachricht an Marius: Komm morgen etwas früher, dann haben wir noch Zeit allein. Ehrlich, ich hab etwas Schiss vor morgen.

Opa Wolf atmete tief ein. Die kühle Waldluft, die in sein Zimmer strömte, machte ihn glücklich. Nicht mehr lange, dann würde er dort draußen in der Erde liegen.

Eine Sternschnuppe zog über den Himmel und war nach drei Sekunden verglüht.

81

Der Vorhang vor meinem Fenster kann die Sonne nicht verbergen, die längst aufgegangen ist und in mein Zimmer drängt. Sie fließt an den Seiten in den Raum hinein und bringt ihn zum Glühen. Sie macht einfach weiter, immer weiter, nichts kann sie stoppen. Jeden Tag Sonne auf, Sonne unter, erbarmungslos. Wie es mir geht, das interessiert niemanden. Ich wünsche mir, die Tage würden einfach anhalten. Pause. Reset. Alles noch mal neu. Papa geht nicht weg, er bringt mir das Reiten bei und ich komme nie auf die Idee, schwimmen zu gehen. Wir wohnen in der Stadt in dem Haus mit dem Puttenkopf über der Eingangstür und Pflanzenranken auf der Fassade. Sonntags gehen wir ins Museum und ich beschwere mich nie, dass es dort langweilig ist. Im Sommer fahren wir zum Schnorcheln nach Griechenland. Oder auch nicht, schwimmen spielt ja keine Rolle. Aber die Sache hat einen Haken: Es gibt kein anderes Leben. Warum bringen diese Idioten bloß diese verdammte Tasche zurück? Hat Hamid sie angestiftet? Und Mama sitzt unten und überlegt, wie sie mich noch mehr bestrafen kann. Das Leben ist so gemein. Ich hab es verkackt. Chance vertan und versagt. Das Monster geht gar nicht mehr weg. Es hockt auf meiner Brust und lacht über mich. Wie kann ich es bloß jemals wieder loswerden? Oder ist das gar nicht möglich?

82

Felix erhob sich schwerfällig von seiner Matratze. Bewegung wäre gut. Jedenfalls besser, als hier herumzuliegen. Er tastete am Boden nach seinem Handy und fand es schließlich am Fußende unter einer leeren Chipstüte. Es musste erst einmal aufgeladen werden, bevor er Pufu eine Nachricht schreiben konnte. Aber das würde bedeuten, dass er auch die tausend anderen Nachrichten zu Gesicht bekäme, die in der Zwischenzeit wahrscheinlich eingetroffen waren. Das wollte Felix auf keinen Fall.

Er nahm den Laptop vom Tisch, öffnete Skype und kam sich vor wie der letzte Idiot. Wer benutzte denn sowas, nur um eine Verabredung zu treffen? Aber es war wenigstens eine Möglichkeit. Erstaunlicherweise ging Pufu sofort dran.

„Ey, du hier?"

Könnte ich auch sagen, dachte Felix und registrierte mit Erstaunen, dass Pufu mit seiner ganzen Familie am Frühstückstisch saß.

„Ja, wegen Waldlauf."

„Ist dein Handy immer noch kaputt?"

„Jap."

„Also, heute ist schlecht. Wir müssen jetzt erst mal mit mei-

nem Bruder in Peru skypen und fahren dann zu diesem Monstertruck Event in Düsseldorf. Aber wie wäre es morgen?"
„Um halb elf am See, wie immer?"

„Super. Und – nicht vergessen – heute Abend ist die Party bei Vince!"

Felix konnte gerade noch sehen, dass sich die beiden jüngeren Schwestern von Pufu vor den Bildschirm drängten, dann ploppte das Fenster auch schon zu. Bei denen war immer was los. Zwei ältere Brüder hatte Pufu auch noch und er selbst steckte mittendrin in diesem Pulk von Geschwistern. Wenn die alle gemeinsam etwas beschlossen, hatten die Eltern kaum Chancen sich durchzusetzen. Irgendwie beneidenswert. Allerdings hatte man auch nie so wirklich seine Ruhe. Warum hatten sie ihn noch mal „Pufu" genannt? Eigentlich hieß er doch Andreas. Felix wusste es nicht mehr. Es war einfach so ein Familiending, das sich seinen Platz auch im übrigen Leben erobert hatte.

Bevor Felix den Laptop wieder zuklappte, fiel ihm ein, was er noch nachschauen wollte. Er öffnete die Suchmaschine und gab „Pontos" ein. Es gab verschiedene Erklärungen dazu. Eine lautete: Pontos (griechisch Πόντος, *das Meer*) war in der griechischen Mythologie eine antike Meeresgottheit.

Es klopfte an seiner Zimmertür.

„Felix? Bist du wach? Komm runter frühstücken, wir müssen reden."

83

Mama, ich glaube, du spinnst. Wir müssen ganz bestimmt nicht reden! Damit du mich weiter fertig machst mit deinem blöden Schwimmbad? Da kannst du lange drauf warten. Hausarrest ist einfach das Allerletzte! Du kannst dich allein mit dem Frühstück vergnügen. Wolltest es ja so.

84

Bevor Felix den Laptop zuklappte, rief er noch die Seite mit den dreihundertvier Namen von Detektiven, Agenten und Spionen auf, die in irgendwelchen Büchern komplizierte Fälle lösten. „Lew Archer" hörte sich cool an. „Avi Avraham"? Viel zu lang. „Hal Challis" klang auch gut. „Sid Halley"? Felix stand auf kurze Namen. Oder „Bennie Rosato"? Oh, Mann, scheiße, das war ja eine Frau. Felix notierte zwei Namen auf einem Zettel und stellte den Laptop zurück auf den Tisch. Ausgestreckt auf seinem Bett dachte er an Pufu und seine Familie. Monstertrucks waren so geil. Kein Vater, kein Bruder und erst recht keine Mutter gingen mit ihm dorthin. Wofür war man auf diese Welt gekommen, wenn man dann doch nur als winziger Punkt im Irgendwo lebte, der allen egal war? Felix kroch wieder ins Bett und zog die Decke über den Kopf. Das Monster hatte leichtes Spiel. Es schlug ihm seine Widerhaken ins Fleisch und schnürte ihn mit seinen langen giftigen Armen wie ein Paket zusammen, dass er kaum noch Luft bekam. Irgendwann schlief er ein.

85

„Felix?"

Wieder klopfte Mama an seine Zimmertür.

„Ich muss jetzt los, hab Nachtdienst."

Sie bekam nur ein entferntes Stöhnen zu hören.

Schön für dich.

Felix warf die Bettdecke von sich und hörte, wie sie die Treppe hinunterging.

Den Hausarrest hast du ja super geplant, dachte er! Wer so dumm war, das ohne Blick auf seine Arbeitszeiten anzuordnen, war selbst schuld. Trotzdem konnte Felix sich nicht wirklich freuen. Er hörte die Haustür ins Schloss fallen. Jetzt war es noch einsamer im Haus.

Er schälte sich aus dem Bettzeug und ging unter die Dusche. Sollte er wirklich zur Party gehen? Vince hatte immer wieder davon gesprochen, also war es ihm scheinbar wichtig. Doch Geburtstag hatte er nicht, soweit sich Felix erinnern konnte. Also, was gab es zu feiern?

Nichts! Absolut gar nichts. Felix graute vor einem fröhlichen Abend. Es gab nur einen einzigen Grund, warum er hingehen würde. Alva. Er sah sie neben sich gehen, als er auf Pontos saß. So entspannt und selbstverständlich und mit diesem unglaublichen Lächeln im Gesicht. Könnte sie ihm doch etwas davon abgeben!

Als er aus der Dusche zurück in sein Zimmer kam, zog er den Vorhang beiseite und öffnete das Fenster. Ein Windstoß wirbelte die Zettel und Papiere auf seinem Schreibtisch durcheinander und brachte die Hängematten-Liste zum Vorschein, die Einar ihm gegeben hatte. Die hatte Felix vollkommen vergessen. Er schob allen Kram beiseite und holte Zeichenpapier aus der Schublade. Okay, sie sollten kriegen, was sie wollten.

Als er fertig war, hatte sich die Sonne schon ganz hinter die Häuser auf der gegenüberliegenden Seite verzogen. Er schloss das Fenster, denn er fror. Wann ging es denn eigentlich los? Und was sollte er anziehen?

Vor dem geöffneten Schrank konnte er sich nicht entscheiden und bekam große Lust, wieder ins Bett zu kriechen. Doch der Gedanke an Alva hielt ihn aufrecht.

Schwarz, das ist die einzige Farbe, die heute zu mir passt. Er nahm, was er finden konnte, zog die Kapuze seines Hoodies über den Kopf und ging nach unten.

86

Wie ist das bei so einer Fete, gibt es da etwas zu beachten? Ich habe keine Ahnung, Feten sind eine Seltenheit und ich war noch bei keiner einzigen. Muss man da vielleicht etwas mitbringen? Aber was könnte das sein? Vorsichtshalber gehe ich nach unten in den Keller und schaue im Vorratsraum nach, ob es dort irgendwas gibt. Na ja, die eingemachten Bohnen von Oma Grete sind wohl nicht so passend oder ist Vince ein Bohnenfan? Mag er Quittenmarmelade? Weiß ich auch nicht. Außerdem ist das ein typisches Oma-Geschenk. Hier unten im Regal standen doch sonst immer ein paar Sektflaschen, wieso ist jetzt keine mehr da? Okay, dann gehe ich noch am Kiosk vorbei und kaufe eine. Mama hatte an ihrem Geburtstag ein paar Kollegen eingeladen, da gab es Sekt und ich hab auch ein Glas getrunken. War nicht schlecht. Oh, mein Gott, wieso klingelt das Telefon? Ob Mama überprüfen will, dass ich zu Hause bin? Das ist zum Verrücktwerden, jedes einzelne Läuten hämmert mir gegen die Schläfen, als wollte es Löcher in meinen Schädel bohren. Ich gehe nicht ran. Aber das Geräusch ist schrecklich. Okay, ich schaue, ob ich die Nummer kenne. Mutscheid!

„Hallo! ... Ich war im Keller, Opa, deshalb hat es so lange gedauert ... Ne, Mama hat Nachtdienst ... Aber hundert Gäste sind vollkommen okay, du wirst doch schließlich hundert ... Ach, dir sind das zu viele ... Wie du willst ... Okay, ich kümmere mich darum ... Ja, ich komme bald noch mal ... Nein, ist mir nicht zu viel ... Och. So la la ... Danke! ... Mache ich. Bis bald."

Bin ich froh, dass das Opa war. Seine Stimme tut gut. Er hört sich immer so an, als würde es überhaupt nichts geben, was ihn erschüttern kann.

87

Felix warf einen letzten Blick in den Spiegel, zog seinen Parka an und ging los. Vince wohnte nicht weit entfernt in einem der Wohnviertel in der Nähe des Parks. Es war still, niemand war unterwegs. Hinter den Fenstern der Wohnschachteln schimmerten vereinzelt bläuliche Bildschirme.

Obwohl Felix die meiste Zeit auf den Fußweg schaute, sah er den Mann schon von Weitem. Die schmale, drahtige Gestalt stand am Ende der Wohnstraße und wartete ganz offensichtlich. Felix bekam einen trockenen Mund und sein Magen zog sich schmerzhaft zusammen. Was wollte er? Hatte er seinen Brief nicht bekommen? Felix verkroch sich tiefer in seine Jacke und blickte stur zu Boden. Vielleicht gab es eine winzige Chance, dass er es doch nicht war? Aber der andere stand weiter an der Ecke und versperrte den Weg. Felix wurde langsamer. Dann drehte er sich abrupt um und ging wieder zurück. Nach fünf Schritten hatte die Stimme des anderen ihn eingeholt.

„Warte“, rief er.

Felix blieb wie angenagelt stehen, legte die Arme um sich selbst und schaute weiter zu Boden.

„Warum lässt du mich im Stich? Ich warte darauf, dass wir endlich wieder trainieren können. Du bist schließlich mein bester Mann.“

Felix kniff die Augen zusammen und hoffte inständig, dass die Stimme ihn endlich aus ihrem Klammergriff ließ.

„Du kommst wieder trainieren und von mir erfährt keiner was, okay?“

Aus der Stimme wurde eine Hand, die sich kurz auf seine Schulter legte. Kurze Zeit später entfernte sie sich wieder. Der Geruch des süßlichen Rasierwassers blieb in der Luft hängen. Augenblicklich wurde es Felix übel und er meinte, von seinem eigenen Herzschlag erwürgt zu werden. Er rannte zurück nach Hause.

88

Felix riss sich die Kleider vom Leib und flüchtete unter die Dusche. Heiß, ganz heiß musste das Wasser sein. Weg mit dem, was ihn berührt hatte. Immer noch fühlte er die Hand auf seiner Schulter, doch er konnte so viel Seife benutzen, wie er wollte, sie ließ sich nicht wegwaschen. Er würgte an seinem Herzschlag und wusste nun: Es gab keinen Ausweg. Der Riss in der Bodenfliese wurde immer größer. Das Monster hatte ungehinderten Zugang und verschlang ihn mit Haut und Haaren. Es würde ihn nie mehr loslassen. Der Weg zurück zu den anderen war verriegelt. Die Leichtigkeit von Alva und Julius würde ihm für immer verwehrt bleiben. Ihr Lächeln konnte ihn nicht retten. Er war für immer verbannt auf die andere Seite. Auf die Seite derer, die dazu verurteilt waren, dass eine stinkende Gestalt zu ihnen sprach und eine Hand sich nach ihnen ausstreckte. Felix ging zu Boden, krümmte sich in einer Ecke der Dusche zusammen und hoffte, das Wasser würde ihn einfach wegspülen.

89

Es ist mir klar, dass ich keine Chance habe. Nicht in diesem Leben. Das Monster ist überall. Es hat keinen Zweck, vor ihm fliehen zu wollen. Ich bin einfach nur leer wie eine unendliche Wüste. Alles andere war ein Traum. Ein Hirngespinst.

90

Etwas schlug an sein Fenster. Ein Steinchen? Noch eines. Und noch eines. Felix öffnete das Badezimmerfenster. Da unten standen Marius und Pufu und feixten.

„Bist du immer noch nicht fertig? Bist schön genug! Wir sitzen sowieso draußen im Garten und im Dunkeln sieht keiner, ob du geduscht bist oder nicht!“

Felix trocknete sich weiter ab.

„Wieso seid ihr nicht bei der Party?“

Die beiden da unten kicherten vor sich hin.

„Wir waren schon längst da, aber das Bier geht zu Ende. Wir gehen zum Kiosk neues holen.“

„Und da wollten wir mal schauen, wo du bleibst. Hast du keinen Bock oder was? Komm endlich, mach voran. Ohne dich geht’s nicht.“

Felix hatte keine Lust auf eine Party. Aber alles war besser, als zu Hause zu sein.

„Wartet!“

Er schloss das Fenster und zog sich schnell an.

91

„Na, endlich!“

Großes Gejohle brach aus, als Marius, Pufu und Felix den Garten betraten. Vince und die anderen saßen um die beiden Feuerkörbe herum und brieten Marshmallows. Auf einem Tisch am Rand standen noch halb volle Schüsseln mit Salaten und Teller mit Resten von Grillfleisch.

„Ey, Sekt hast du mitgebracht! Mensch Felix, geile Brause. Das passt super.“ Vince holte einen Klappstuhl von der Veranda und stellte ihn in die Runde.

„Komm, setz dich! Wo hast du so lange gesteckt?“

Felix hatte das Gefühl, als wäre nur sein Schatten anwesend. Aus weiter Ferne sah er sich dabei zu, wie er sich hinsetzte, die Zeichnung aus der Jackentasche zog und Vince hinüberreichte.

„Ich fasse es nicht, der Junge hat gearbeitet, anstatt pünktlich zu sein!“ Vince betrachtete das Papier und reichte es dann herum. Darauf nahm er die Sektflasche und begann sie zu öffnen.

„Das sieht super aus! Toll, dass du das so schnell hingekriegt hast. Ich schätze, der Direktor wird begeistert sein.“

In diesem Moment schoss der Sektkorken aus dem Flaschenhals und flog hoch hinauf in den Nachthimmel. Felix bekam das erste Glas.

„Diese verschiedenen Stühle, die du da reingezeichnet hast, sind eine gute Idee“, kommentierte Einar die Zeichnung. „Jeder hat doch sicher so ein überzähliges Stück irgendwo herumstehen und kann es spenden. Oder vielleicht sogar eine ganze Reihe alter Klappstühle. Da haben wir sofort schon mal die Kosten reduziert!“

„Hast du die alle aus dem Kopf gezeichnet oder erst einmal in einem Ikea-Katalog nachgeschaut?“, fragte Pufu.

„Sind ein gutes Symbol für Vielfalt an der Schule“, warf Hamid ein.

Vince und Marius fingen an zu lachen. „Bloß nicht so gut stapelbar!“

Felix war das alles sowas von egal. Er trank sein Glas aus und ließ sich sofort nachschenken.

Wo war Alva bloß? Er konnte sie nirgends entdecken. Aber fragen mochte er auch nicht. Hatte schon mal jemand einen Schatten sprechen gehört? Der Sekt schmeckte tatsächlich nicht schlecht. Er hätte zwei Flaschen kaufen sollen.

„Sag mal Felix“, begann Vince, „wie klappt es eigentlich mit den Ziggen? Hast du das Drehen jetzt drauf?“

Felix griff in seine Jackentasche und hielt den anderen im nächsten Augenblick die geöffnete Hand hin.

„Wow, ein ganzer Stapel!" Vince nahm eine der Zigaretten und inspizierte sie.

„Perfekt!", stellte er fest. „Das hast du aber schnell gelernt."

Felix machte eine kleine Handbewegung und warf die Kippen ins Feuer. Rauch stieg auf. Er griff noch einmal in seine Jackentasche und warf auch den Rest hinterher. Vince sprang auf und begann um das Feuer herumzutanzen. Marius schloss sich an und heulte wie ein Kojote.

In diesem Augenblick trat Alva aus dem Haus in den Garten.

„Seid ihr irre?" Sie setzte sich auf den freien Platz neben Felix. „Wollt ihr, dass die Nachbarn die Polizei anrufen?" Vince und Marius hörten sofort auf.

„Außerdem stand die Haustür offen! Ich glaube, noch mehr Bier war keine gute Idee!"

„Bist du unsere Mami oder was?" Marius nahm sich ein kaltes Würstchen und biss hinein. Angriffslustig blieb er am Tisch stehen, wurde jedoch sogleich von Vince in die Schranken gewiesen.

„Komm, sie hat vollkommen recht", sagte er, „auf Stress mit den Nachbarn hab ich keine Lust. Und wer rausgeht oder reinkommt, macht gefälligst die Haustür ordentlich zu!"

„Wann kommen denn eigentlich deine Eltern zurück?" Pufu steckte sich ein neues Marshmallow auf den Holzspieß und sah Vince erwartungsvoll an.

„Morgen erst", sagte er. Dann fragte er Alva: „Mit deinem Vater alles klar?"

Sie nickte. „Er lag schon im Bett, hatte aber seine Tabletten im Badezimmer vergessen."

„Und dann ruft er dich auf der Party an, damit du sie ihm ans Bett bringst?" Hamid schaute ziemlich verständnislos drein. „Ich dachte immer, meine Eltern wären krass."

Alva sprang auf und trat gegen den Stuhl, auf dem sie gerade noch gesessen hatte. „Mein Vater sitzt im Rollstuhl, du Blödmann. Ich dachte immer, du wärst nicht so ein Idiot."

92

Krass, wie Alva drauf ist. Ich hab sie noch nie so gesehen. So wütend. Bin mir nicht ganz sicher, ob sie wirklich nur auf Hamid sauer ist oder vielleicht auch ein bisschen auf ihren Vater. Echt blöd, das Kindermädchen für ihn zu sein. Ich dachte bisher, das macht ihr nichts aus. Aber anscheinend nicht immer. Ihre Wut verstehe ich gut. Sehr gut! Was könnte ich nur sagen, um ihr zu zeigen, dass ich sie verstehen kann? Ich weiß es nicht. Auch Hamid würde ich gerne sagen, dass es mir leid tut, wie ich ihn behandelt habe. Aber ich bin doch ein Nichts, zu schwach, überhaupt nur den Mund aufzumachen. Vielleicht sollte sie auch ein Glas Sekt trinken. Das entspannt. Ich merke kaum noch, dass ich eigentlich nur ein Schatten bin.

93

„Leute, beruhigt euch! Kein Streit bitte. Hamid wusste einfach nicht, dass dein Vater im Rollstuhl sitzt!“ Vince versuchte, die Wogen zu glätten.

„Ich auch nicht“, sagte Einar. „Woher auch. War ja nie Thema.“

„Sorry, tut mir leid!“ Hamid sah echt geknickt aus. Pufu reichte ihm eine Bierdose, doch er lehnte dankend ab. Alle setzten sich wieder, aber die Stimmung war erst mal dahin. Felix betrachtete die Runde und sah, dass Vince und Marius sich immer wieder Blicke zuwarfen, als würden sie geheime Zeichen aussenden. Hatten sie irgendetwas vor? Schließlich stand Vince auf und sagte: „So Leute, jetzt lasst mal nicht die Köpfe hängen. Das ist schließlich eine Party hier!“ Felix griff noch einmal nach der Sektflasche, aber sie war leer. Pufu reichte ihm die Dose hinüber, die Hamid abgelehnt hatte. Obwohl er sich schon etwas benebelt fühlte, sah Felix doch, dass Vince irgendwie unsicher war. Das war gar nicht seine Art.

„Marius und ich, also wir wollten euch was –. Also, diese Spiegelgeschichte – die Theater AG – ihr wisst schon."

Einar riss der Geduldsfaden.

„Mach's nicht so spannend, Vince. Wenn ihr uns etwas vorführen wollt, legt einfach los!"

Stühle wurden gerückt und auf dem Rasen im Halbdunkel entstand eine Art Bühne, auf der Marius und Vince sich gegenüberstanden, als befände sich der Spiegel mitten zwischen ihnen. Beide bewegten sich ziemlich synchron, schauten in den Spiegel, rauften sich die Haare, als hätten sie tausend Zweifel und sagten abwechselnd Sätze wie „Das kann doch nicht wahr sein! – Wieso ich? – Das ist unmöglich! – Die machen uns fertig!" Dann blieben plötzlich beide ganz nah voreinander stehen. Sie blickten sich in die Augen. Marius zitterte. Vince strich ihm mit der einen Hand über die Haare. Marius begann zu lächeln, dann umarmten sie sich plötzlich sehr fröhlich. Im nächsten Augenblick öffneten sie die Umarmung wieder, blieben mit dem Arm auf der Schulter des jeweils anderen vor ihrem Publikum stehen, strahlten und verbeugten sich.

Automatisch begannen die Zuschauer zu klatschen. Einar pfiff auf den Fingern bis Alva ihm die Arme herunterdrückte, damit er nicht die ganze Nachbarschaft weckte. Doch er wollte sich noch nicht geschlagen geben.

„Coole Lovestory!", rief Einar. „Ich wusste es ja schon immer."

„Echt jetzt? Ihr seid schwul?" Hamid sprach das letzte Wort aus, als hätte es drei u.

„Was dagegen?" Vince stützte einen Arm in die Hüfte und sah Hamid herausfordernd an. „Müssen wir dafür bei dir erst mal einen Antrag stellen?"

Hamid grinste und hob sein Glas.

„Keine Sorge, dafür braucht man keine Erlaubnis, das ist einfach so!"

Felix war sich nicht sicher, ob er das Ganze kapiert hatte.

Durch seinen Nebel hindurch dachte er: Deshalb hat Vince das Rauchen aufgegeben!

„Leute, wir haben einfach keinen Bock auf Getratsche und Getuschel und wir wollen uns nicht verstecken. Ihr seid unsere Freunde, deshalb solltet ihr es von uns selbst erfahren. Alles klar? Prost!"

94

Mein Gott, ist mir schlecht. Ich habe keinen Schimmer, wie ich nach Hause gekommen bin. Wer hat den Eimer vor mein Bett gestellt? Ne, ich muss nicht kotzen. Können die Vögel nicht etwas leiser singen? Ich muss noch schlafen.

95

Felix wachte auf und schaute auf die Uhr. Der Kopf tat ihm weh und sein Mund war trocken. Unten in der Küche hörte er Mama rumoren und wunderte sich, dass sie noch nicht im Bett war. Wenn sie von einer Nachtschicht kam, machte sie sich erst einen Kaffee und ging dann schlafen. Ob sie wartete, dass er hinunterkam? Da konnte sie lange warten!

Vince und Marius? Hatte er das geträumt oder waren die wirklich – ein Paar? Er fühlte sich verwirrt. Nur selten war etwas so, wie es von außen aussah! Er wäre nie auf die Idee gekommen, dass die beiden ... Er versuchte sich zu erinnern, an gestern Abend und all die anderen Male, die er sie in der Schule gesehen hatte. Sie waren Freunde und mochten sich einfach noch ein bisschen mehr? Gingen sie auch gemeinsam unter die Dusche? Berührten sie sich? Sofort sprang ihn das Monster wieder an. Konnte das, was ihn mit so großem Ekel erfüllte, auch schön sein?

Die Frage war ihm zu schwer. Er wusste nur eines: Wenn das im Schwimmbad nicht gewesen wäre, dann würde er über solche

Dinge gar nicht groß nachdenken. Zwei Männer, die sich liebten, wären für ihn einfach so normal, wie für alle anderen. Dann würde er sich vielleicht einfach nur für Vince und Marius freuen.

Die leichte Übelkeit in seinem Magen verwandelte sich wieder in das wütende Grollen, das sich so oft in ihm breitmachte. Er war nicht mehr der, der er einmal gewesen war und wusste nicht, wie er jemals aus dieser Verbannung herausfinden sollte. Er durfte nicht mehr daran denken.

Felix schaute auf die Uhr. Schon zehn und er war mit Pufu verabredet.

Aber wie kam er jetzt unbemerkt aus dem Haus? Felix schloss seine Zimmertür ab, zog sich seine schwarze Jogginghose und die Laufschuhe an und schob den Schreibtisch beiseite. Dann öffnete er das Fenster. Es war ganz leicht hinauszusteigen. Das Regenrohr hatte zwei Befestigungsstellen, auf die er die Zehenspitzen setzen konnte, dann nur noch ein Sprung und er landete links auf dem schmalen Gartenstreifen. Vom Wohnzimmerfenster aus hätte Mama ihn jetzt sehen können. Aber sie saß hoffentlich immer noch in der Küche.

Felix schlich in gebückter Haltung ans andere Ende des Gartens und sprang über den niedrigen Zaun. Das Spiel begann schon hier. Der CIA-Agent erreichte die Straße ohne Vorkommnisse. In Nullkommanichts war er aus der Siedlung raus und lief durch den Park Richtung See. Sonntagvormittags waren hier nur zwei Hundebesitzer mit ihren Kötern unterwegs. Alle anderen Leute schliefen noch oder saßen beim Frühstück. Alles geordnet und nach Plan. Was hatte Alva gesagt, „pure Ödnis"? Ganz genau!

Felix lief weiter und merkte, wie gut das tat. Gehen war nicht möglich. Er musste in Bewegung bleiben. Damit konnte er das vulkanische Grummeln in seiner Magengegend einigermaßen unter Kontrolle halten.

Als er am verabredeten Treffpunkt ankam, war Pufu schon da. „Hey, Mann, du bist ja schon ganz außer Atem!"

„Mir war danach."

„Wieso säufst du auch so viel?! Du warst heute Nacht echt in keinem guten Zustand."

„Geht schon wieder."

Pufu sah Felix prüfend von der Seite an.

„Und? Welchen Namen hast du dir ausgesucht?"

„Mitch Rapp."

Pufu hob einen Daumen. Zum Glück hatten sie sich nicht den gleichen Ermittler ausgesucht.

„Besondere Kennzeichen?"

„Spricht fließend Englisch, Französisch, Arabisch, Farsi und Italienisch. Er beherrscht Karate, Judo, Thai-Boxen und hat den Schwarzen Gürtel im brasilianischen Jiu-Jitsu."

„Wow!" Pufu lachte. „Dann kann ja nichts mehr schiefgehen."

Um in Bewegung zu bleiben, machte Felix kleine Schritte auf der Stelle.

„Und selbst?"

„Ellery Queen. Ist zwar ein Amateur, aber hat eine Erbschaft gemacht und ist finanziell unabhängig. Deshalb hat er jede Menge Zeit und löst jeden Fall."

„Cool", sagte Felix, „den hätte ich auch fast genommen, aber ‚Queen', das passt irgendwie nicht zu mir."

„Ich fand es toll, dass ‚Ellery Queen' eine doppelte Bedeutung hat. Einmal ist es das Pseudonym der beiden Cousins Frederick Dannay und Manfred Bennington Lee, die dann den Privatdetektiv, den sie sich ausgedacht haben, auch so genannt haben."

„Mensch Pufu, wieso kannst du dir nur solche Namen merken?!" Felix boxte ein paar Mal in die Luft.

„Los?"

„Welcher Fall?"

Felix überlegte. „Mord an einem Vierzehnjährigen. Wir hatten den Täter schon länger im Visier, doch er ist abgehauen. Jetzt schnappen wir ihn uns. Aber Vorsicht, er ist bewaffnet."

96

Die Strecke durch den Wald ist uneben und voller Blätter. Manchmal weht mich so ein flaues Gefühl aus dem Magen an. Vielleicht hätte ich doch etwas essen sollen. Egal, wir müssen diesem Verbrecher hinterher. Die Bäume bieten super Schutz, falls er sich umdreht und auf uns schießt. Aber er hat keine Chance, wir sind einfach zu schnell für diesen Idioten.
Es gibt immer zwei Möglichkeiten. Sich im Büro vergraben und Akten studieren oder rausgehen, zuschlagen und den Fall lösen. Die Wut in meinem Bauch köchelt doch schon die ganze Zeit vor sich hin.

97

„Pass auf, Angriff von rechts!“

Pufu warf sich ins trockene Laub und suchte Schutz hinter der riesigen Wurzel eines umgestürzten Baumes, die dort aus der Erde ragte. Felix schlich in der Deckung der nächsten Bäume nach links und behielt das Geschehen vor ihm im Auge. So ging es langsam weiter einen Hügel hinauf. Die Lage war unübersichtlich, denn was sich hinter der Kuppe verbarg, war nicht zu sehen. Vorsichtig näherten sich die beiden Verfolger von zwei Seiten, um dem Gesuchten keine Möglichkeit zum Abhauen zu geben. Immer, wenn Zweige unter seinen Füßen knackten, sprang Felix wieder hinter einen Baum und wartete ab. Noch wenige Schritte, dann waren sie oben auf dem Hügel angekommen. Nach rechts hatte man einen wunderbaren Blick auf den See. Irgendwo in der Ferne war eine Säge zu hören. Die Vögel sangen.

Aber was war das? In ein paar Metern Entfernung vor sich nahm Felix hinter morschen Ästen und lockerem Gestrüpp einen Schatten wahr. Er blieb abrupt stehen und schaute vorsichtig an der Rinde des Baumes vorbei, hinter dem er Deckung gesucht hatte. Pufu lief ein Stück weiter und machte hinter einem anderen

Baum halt. Hatte er diesen Schatten auch gesehen? Nichts deutete darauf hin. Pufu machte eine Bewegung mit dem Arm, die sagen sollte: Folge mir! Doch Felix blieb hinter seinem Baum und starrte weiter auf die Stelle dort vorne. Wartete die geheimnisvolle Gestalt auch hier? Felix spürte wieder deutlich die Übelkeit, die aus seinem Magen heraufstieg. Wieder sah er eine Bewegung. Er war es. Er war überall. Er ließ ihn einfach nicht mehr los.

98

ES griff so blitzartig nach Felix' Hals, dass er nicht mehr atmen konnte. Er spürte das Pochen seines Herzens bis hinein in die Ohren und meinte für einige Sekunden, er würde ohnmächtig. Im nächsten Moment erfasste ihn eine verzweifelte Energie. Felix holte tief Luft, schoss aus seiner Deckung hervor und stieß dabei einen markerschütternden Schrei aus. Mit drei Sätzen war er bei diesem Schatten und begann, besinnungslos auf ihn einzuschlagen. Trockene Blätter am Boden wirbelten durch die Luft und es knackte, als würden Knochen brechen.

99

duverdammteDrecksauichhaudichkaputtduelendesSchweindumachstmichnichtfertigdunicht

100

„Felix, bist du wahnsinnig geworden? Was machst du da? Hör auf!"

Pufu umklammerte ihn mit beiden Armen und riss ihn zur Seite. Felix trat noch einmal mit dem Fuß in die Luft, doch Pufu hielt ihn fest und drückte ihn zu Boden. Der Rest einer morschen Wurzel lag in Stücke gehauen um sie herum.

Nach einigen Sekunden, die sie nach Luft rangen, lockerte Pufu seinen Griff und Felix machte sich mit einem Ruck frei. Er sprang auf die Füße und stieß dabei einen neuen Schrei aus, der bis zum See hinunter schallte und einen Fußgänger für eine Sekunde aufhorchen ließ, dann rannte er davon. Querfeldein durch das Wäldchen lief er, dass die Blätter und kleinen Äste im Unterholz zur Seite stoben.

Felix rannte immer weiter und spürte die Tränen gar nicht, die ihm übers Gesicht liefen. Er fühlte sich seltsam befreit. Da war auf einmal diese Kraft in ihm gewesen. Unter Wasser atmen. Den Beckenrand berühren, Luft holen, wenden und zurück auf die andere Seite, eins mit dem Wasser, eins mit sich selbst, bis zur Erschöpfung. Im Laufen spürte er es immer noch. Bis in die Haarspitzen durchpulste ihn diese Energie. Er konnte etwas tun. Er war kein Opfer. Er konnte sich wehren. Selbst wenn es nur seine eigene Angst war, die er gesehen hatte. Das fühlte sich so gut an.

Er spürte, dass sein altes Ich noch nicht vollkommen verschwunden war, sondern immer noch in ihm steckte.

Als Felix den Wald durchquert hatte, bog er nach links ab zu der Stelle, an der er gestern mit Alva gewesen war. Er fand die Pferdekoppel sofort. Pontos stand am Gatter und hob den Kopf, als er Felix gewahr wurde. Geduldig blieb er stehen, als der Junge die Arme um seinen Pferdhals legte und das Gesicht in sein Fell schmiegte.

Viele Minuten lang standen sie so beieinander, bis sich die Herztrommel in Felix' Brustkorb langsam beruhigt hatte. Er fuhr mit einer Hand durch das glänzende braune Fell des Pferdes und ließ die Finger durch seine struppige Mähne wandern. Pontos wieherte leise und beschnupperte Felix' Wange, bis er sie zurückzog, weil es anfing, ihn zu kitzeln. Felix bückte sich, riss ein Büschel Gras aus und hielt es Pontos hin. Dann ging er hinüber zum Gatter und schlüpfte hinein in den Auslauf. Pontos war sofort bei ihm und ließ sich auf das Wiesenstück führen, auf dem sich sein Unterstand befand. Felix holte den Hocker und versuchte, auf den Pferderücken zu steigen. Es war ganz einfach. Aber er wollte gar nicht reiten, er wollte Pontos nur nahe sein. Vorsichtig beugte er sich nach vorne und schmiegte sich an Widerrist und Hals und ließ die Arme bis zur Brust des Pferdes hinunterbaumeln.

101

Pontos, du riechst so gut und dein Fell ist so warm und weich. Ich spüre jede Faser deiner Muskeln und habe überhaupt keine Angst. Bei dir bin ich sicher. Du wirst mir nichts Böses tun und mich niemals verraten. Das weiß ich. Auf dich kann ich mich hundertprozentig verlassen. Du beschützt mich besser, als es ein Mensch auf dieser Welt jemals konnte. Ich weiß, ich hab Scheiße gebaut. Zuschlagen ist Mist, aber es war trotzdem gut. Ich musste alles aus mir herausschlagen, was mich fertig macht. Du weißt das. Trotzdem gibt es immer noch diese große Frage: Was soll ich jetzt tun? Ich will, dass alle diese Monster aus meinem Leben verschwinden! Aber wie soll das gehen?

102

„Felix?“

Erst als er die Stimme seiner Mutter hörte, fiel ihm wieder ein, dass er ja eigentlich Hausarrest hatte und das Haus durch sein Zimmerfenster verlassen hatte. Jetzt war er einfach durch die Haustür wieder hereingekommen. Sie stand sofort vor ihm.

„Sag mal, hast du einen Knall oder was? Meinst du, du müsstest dich an gar nichts mehr halten?“

Felix streifte die Schuhe von den Füßen und kickte sie in eine Ecke des Flurs.

„Ich war laufen! Beruhig dich.“

Er ging an ihr vorbei in die Küche und nahm sich ein Glas Wasser. Sofort war sie auch da.

„Ich soll mich beruhigen? Ich hab die ganze Nacht gearbeitet und kann mir am Sonntagnachmittag was Besseres vorstellen, als ... als ...“

„Als so ein Arschloch, das sich nicht an die Anweisungen hält.“

„Genau!“

Er goss das Glas noch einmal voll, trank und sah dabei aus dem Küchenfenster hinaus.

„Ich weiß langsam nicht mehr, was ich machen soll. Das sind wirklich keine Kleinigkeiten, die hier vorgefallen sind. Du lügst mich an und machst hinter meinem Rücken Dinge, von denen ich nichts weiß. Wer weiß, was da noch alles kommt! Vielleicht steht morgen die Polizei vor der Tür! Bist du in irgendwelche falschen Kreise geraten, die dich in ihre Machenschaften hineingezogen haben?“

Felix knallte das Glas auf den Tisch.

„Na klar, Nazis, Junkies, Schläger, Kiffer, Gurus – such dir was aus!“

Seine Mutter ballte die Fäuste.

„Weißt du eigentlich, wie oft du so bist, so absolut zu und verschlossen? Du kannst doch mit mir reden!“

„Vorallendingen!“

Felix ging aus der Küche und ließ seine Mutter einfach stehen.

„Mein Gott, wie du stinkst“, hörte er sie noch sagen, als er die Treppe hinauflief, um zu duschen.

103

Ein neuer Montag. Felix warf sich den Rucksack über die Schulter und fühlte noch einmal in seine Jackentasche. Die Landkarte, die er sich ausgedruckt hatte, steckte zusammengefaltet darin. Als er den Schlüssel sah, der in seiner Zimmertür steckte, schloss er ab und steckte ihn in die Hosentasche. Leise ging er die Treppe hinunter. Seine Mutter schlief noch.

Er drehte sich nicht noch einmal um, zog die Haustür hinter sich zu und ging.

104

„Guten Tag, Frau Bergmann, schön, dass Sie gekommen sind, nehmen Sie doch Platz."

Sie setzte sich, blickte Herrn Teschner an und lächelte schief. Dann rückte sie den Stuhl etwas zurecht. Die Handtasche behielt sie vor sich auf dem Schoß. Als sie bemerkte, dass ihre Finger eiskalt waren, stellte sie die Tasche neben sich auf den Boden und vergrub ihre Hände im Saum ihres Pullovers.

„Was kann ich denn für Sie tun? Sie wollten über Felix sprechen?"

„Ja, genau, ich mache mir Sorgen."

Herr Teschner studierte die Spalten in seinem Lehrerkalender und sah dann flüchtig auf. Sein Blick blieb irgendwo neben ihrem rechten Ohr hängen.

„Also, eigentlich müssen Sie sich keine Sorgen machen. Felix ist einer von den durchschnittlichen Schülern. Er könnte zu den richtig guten gehören, aber leider ist er faul und gibt sich keine Mühe. Er könnte leicht ein, zwei Noten besser sein in jedem Fach, vor allem in Mathe."

Felix' Mutter hatte nicht wegen der Noten um diesen Gesprächstermin gebeten.

„Finden Sie ihn normal?“
Der Lehrer sah sie erstaunt an.
„Was meinen Sie mit ‚normal‘?“
Ihre Hände verkrampften sich im Saum des Pullovers. Sie wollten einfach nicht warm werden.
„Na, ist er irgendwie auffällig? Anders als sonst?“
Herr Teschner überlegte.
„Also, ich finde, er ist eigentlich wie immer. Vielleicht dümpelt er ein bisschen mehr vor sich hin. Er gehört ja sowieso eher zu den ruhigeren Jungs. Wieso fragen Sie? Wie ist er denn zu Hause?“
Sie sah zu Boden und dann wieder auf das Pult, hinter dem der Lehrer saß.
„Ich weiß nicht, er ist so – wechselhaft. Manchmal ist er wie früher, aber dann flippt er auf einmal wegen der kleinsten Kleinigkeit aus und schnauzt rum. Und er erzählt mir auch gar nichts mehr. Seit Jahren ist er doch schon im Schwimmverein, aber jetzt sieht es für mich so aus, als ginge er gar nicht mehr hin. Ich habe das Gefühl, er hat eine dicke Mauer um sich herum gebaut, einen richtigen Panzer, durch den ich nicht durchkomme.“
„Vierzehn eben“, sagte Herr Teschner lakonisch. „Hört sich für mich alles ziemlich normal an.“
Felix’ Mutter kam sich ungeheuer blöd vor. Konnte sie so wenig Ahnung haben?
„Hat er nicht mal irgendetwas angedeutet, merkwürdige Dinge gesagt, die Sie beunruhigt haben?“
Wieder überlegte der Lehrer, aber ihm fiel nichts ein. Aggressiv hatte er Felix nie erlebt.
Außerdem war er froh, wenn er eine Klasse voller Vierzehn- oder Fünfzehnjähriger nach dem Matheunterricht wieder verlassen konnte.
„Mir ist nichts aufgefallen“, sagte er und fügte dann noch hinzu: „Die Pubertät hat schon manchen zur Verzweiflung ge-

bracht, Eltern und übrigens auch Kinder. Machen Sie sich nicht so viele Sorgen, versuchen Sie, im Gespräch zu bleiben. Das wird schon!“

Er warf noch einen Blick ins Klassenbuch und stutzte. „Felix war übrigens heute nicht in der Schule. Ist er krank?“

105

Der Fernseher blieb stumm.

Felix’ Mutter lag auf dem Sofa und fragte sich, was sie tun sollte. Am Morgen hatte sie doch gehört, dass Felix ganz normal das Haus verlassen hatte! Wieso war er immer noch nicht zurück? Es war doch schon fast Mitternacht. Sie beschloss, weiter zu warten. Und schlief auf dem Sofa ein.

Als sie mitten in der Nacht aufwachte, war es totenstill. Nur die Stehlampe brannte. Aber die hatte sie selbst angemacht. Sie ging in ihr Zimmer und fragte sich auf dem Weg dorthin, ob Felix in der Zwischenzeit nicht doch nach Hause gekommen war? Drei Uhr. Vielleicht hatte sie ihn nicht gehört. Vor seiner Zimmertür blieb sie stehen und horchte. Alles still. Vorsichtig drückte sie die Klinke. Wieso hatte er abgeschlossen? Wollte er den Spieß umdrehen? Sie lugte durchs Schlüsselloch. Alles dunkel. Sie beschloss abzuwarten, legte sich ins Bett und versuchte wieder einzuschlafen, was ihr lange nicht gelingen wollte. „Wahrscheinlich habe ich ihn einfach nicht gehört“, sagte sie sich. Dann schlief sie doch ein.

Am nächsten Morgen war es schon halb zehn, als sie erwachte. Zum Glück hatte sie frei. Zwei Nachtschichten, zwei freie Tage. Als Erstes war sie wieder an Felix’ Zimmertür. Verschlossen. Jetzt klopfte sie. Eindringlich. Keine Antwort. Sie lief nach unten in die Küche und wühlte durch eine der Schubladen. Gab es nicht noch einen zweiten Schlüssel zu dieser Tür? Sie fand keinen.

„Aber ich muss doch irgendwie in dieses verdammte Zimmer reinkommen!“, dachte sie und zog sich an. Als sie hinaus in den

Garten trat, bemerkte sie den gelben Teppich aus Birkenpollen, der die gesamte Terrasse bedeckt hatte. Sie fragte sich, warum sie eigentlich immer allein für alles verantwortlich war. Kein Mann, der die Einkäufe ins Haus schleppte, die Terrasse fegte oder sich um Felix kümmerte. Es war so ungerecht, so verdammt ungerecht!

Sie sah hinauf zum Fenster des Zimmers, in dem Felix hauste und betrachtete dann die Fassade. Ob sie das schaffen würde? Hoffentlich schaute niemand herüber. Sie setzte den Fuß auf die Halterung der Regenrinne, stemmte sich hoch und trat mit dem anderen auf die eiserne Lampe an der Fassade. Mit vier Schritten war sie beim Fenster, das verschlossen war. Sie legte die Hand an die Scheibe. Kein Felix. Das Zimmer war merkwürdig aufgeräumt, das Bett ordentlich gemacht. Da lag ja auch Felix' Handy! Deshalb war er überhaupt nicht zu erreichen! Das alles sah aus wie ein Abschied.

Vorsichtig kletterte sie die Regenrinne wieder hinunter.

Was hatte sie nicht gesehen? Nicht sehen wollen?

Als sie zurück ins Haus trat, läutete das Telefon im Flur. Sie stürzte hinzu.

„Felix?"

Es blieb still, als hätte sich der Anrufer erschrocken.

„Hallo Frau Bergmann, hier ist Alva. Ist Felix da? Ist er krank?"

106

Der Polizist hatte hinter seinem Computer Platz genommen und fragte: „Seit wann ist ihr Sohn denn verschwunden?"

Felix' Mutter zog die Schultern hoch. „Ich weiß es nicht. Gestern Morgen hat er das Haus verlassen wie immer und so, als würde er zur Schule gehen. Da ist er aber nicht gewesen. Auch heute nicht."

„Das heißt, seit gestern Morgen haben Sie ihn nicht gesehen, es könnte aber sein, dass er zwischendurch noch einmal zu Hause war?"

Mensch, wieso fragte der so blöd?

„Ich weiß es nicht", sagte sie mit Nachdruck. „Ich war jedenfalls die ganze Zeit zu Hause."

„Könnte es sein, dass Sie ihn nicht bemerkt haben?"

„Wohl kaum."

„Haben Sie es auf seinem Handy versucht? Oder hat er keines?"

Oh, Mann.

„Doch hat er. Es lag aber in seinem Zimmer."

„Gibt es Freunde, bei denen er sein könnte?"

„Weiß ich auch nicht. Alle, mit denen ich gesprochen habe, hatten ihn schon zwei Tage nicht gesehen."

„Könnte es Personen geben, die Sie nicht kennen?"

Felix' Mutter sprang auf und sagte wütend: „Natürlich kann es Leute geben, die ich nicht kenne! Kennen Sie alle Freunde Ihrer Kinder? Oder haben Sie keine?"

„Frau Bergmann, setzen Sie sich bitte wieder hin! Ich verstehe Sie ja, aber wir müssen nach all diesen Umständen fragen, damit wir uns ein Bild über den Ernst der Lage machen können."

Er machte eine kleine Pause. „Hat ihr Sohn Probleme?"

Sie seufzte. „Ich hab keine Ahnung! Er war in letzter Zeit sehr unzugänglich und verschlossen. Jahrelang ist er begeistert zum Schwimmtraining gegangen, aber plötzlich wollte er nicht mehr. Ich dachte, das ist so ein typisches Pubertätsding. Vermutlich ist er schon eine ganze Weile nicht mehr hingegangen, hat aber versucht, das vor mir zu verbergen."

Der Polizist schrieb etwas in seinen Computer.

„Wissen Sie, was er stattdessen gemacht hat?"

„Nein."

Ein anderer Beamter kam hinzu und reichte dem Polizisten,

der sie befragte, einen Zettel. Er las ihn und schaute dann wieder Felix' Mutter an.

„Es gibt hier einen Vermerk, dass Ihr Sohn neulich am Ebertplatz einen Obdachlosen angegriffen hat. Wissen Sie etwas darüber?"

„Nein!" Empört wies sie diese Frage zurück. „Mein Sohn ist doch kein Schläger!"

Dabei wusste sie doch im gleichen Moment, dass sie nichts wusste, gar nichts.

„Neigt ihr Sohn zu Depressionen?"

„Nein."

„Hat er schon einmal Selbstmordabsichten geäußert?"

Sie sah den Beamten entgeistert an.

„Nein, niemals."

Der Polizist tippte weiter auf seiner Tastatur herum. Dann druckte er das Formular aus.

„Lesen Sie sich das bitte noch einmal durch und unterschreiben Sie dann dort unten", sagte er.

„Und dann? Was machen Sie jetzt? Werden Sie ihn suchen?"

Der Polizist stand auf und signalisierte, dass die Aufnahme der Vermisstenanzeige damit beendet war. „Wir warten jetzt erst mal weiter ab und befragen morgen die Mitschüler ihres Sohnes. Er wird schon wieder auftauchen."

107

Die Nacht ist zwischen die Bäume und Büsche gekrochen und hat alle Einzelheiten geschluckt. Ich liege auf der Erde in einer kleinen Vertiefung und schmiege mich in diese Dunkelheit, die mich hält, als läge ich in der Hand eines Riesen. Pontos steht ein paar Meter entfernt unter einer Buche. Ich weiß nicht, ob er schläft oder sich einfach nur ausruht. Wir sind den ganzen Tag unterwegs gewesen. Gut, dass ich die Karte habe, sonst wären wir irgendwann auf einer

Autobahn gelandet. In einem kleinen Ort haben uns ein paar Kinder zugewinkt. Hier in diesem Wäldchen ist kein Mensch. Es war ein guter Tag, auch wenn ich mich schlecht fühle wegen allem, was in der letzten Zeit passiert ist. Vor allem auch, weil ich Pontos mitgenommen habe. Ob Alva sauer ist? Es gibt nichts, wofür sie mich bewundern könnte, so wie sie Vince und Marius mutig fand! Oder habe ich das nur geträumt?

In der Nähe führen Gleise vorbei. Wenn ein Zug vorübersaust, reißen seine Lichter die Nacht für einen Augenblick auf. Das helle Band der Fensterreihen ist wie ein Signal aus einer fernen Galaxie. Auch wenn alles schläft, geht das Leben weiter.

Meine Hand streicht über den Waldboden, einfach nur so. Mit geschlossenen Augen unterscheide ich kleine Steinchen und Erdbrocken, sandige Krümel und trockene Blätter. Ein Geruch steigt mir in die Nase, der merkwürdig grün ist und mich an Sommernächte in Mutscheid erinnert. Wie oft hat Oma Grete erzählt, dass ihre Eltern richtig sauer waren, als sie Opa Wolf heiraten und mit ihm in sein Dorf gehen wollte, um dort im alten Schulhaus zu leben.

„Da willst du hin? In dieses Mutscheid, wo es keine befestigten Straßen gibt, sondern alle Wege aus Schlamm und Mudd bestehen?"

Daher hatte Mutscheid nämlich seinen Namen, von dem Mudd und nicht, weil die Leute dort besonders mutig waren. Ich kenne die Wege nur asphaltiert. Wie anders war die Welt, als Oma und Opa jung waren. Jetzt, in diesem Moment, muss ich wieder an Opas Erzählungen aus dem Krieg denken. Wie er sich manchmal, wenn er als Meldereiter von einer Stellung zur anderen unterwegs war, in die Erde eingegraben hat, um nicht von den russischen Partisanen erwischt zu werden. Roch die Erde dort genauso wie unsere Erde? Hat Opa Wolf dabei an zu Hause gedacht? War die Gefahr vorüber, als er am nächsten Tag aus dem Erdbauch wieder herausgekrochen ist? Hat er Angst gehabt, nie mehr nach Hause zurückzukehren? Welchen Namen hatte eigentlich das Pferd, mit dem er durch dieses Russland geritten ist? Ich muss Opa Wolf noch so viel fragen! Über die Angst und das Alleinsein. Und was ich tun kann, um ES wieder loszuwerden.

108

„Das sind die Schüler, mit denen Felix am meisten Kontakt hatte!" Teschner wies auf die Hängematten-Crew, die vor dem Konferenzzimmer neben dem Büro des Direktors aufgereiht saß.

„In diesem Raum können Sie die Schüler befragen!" Er öffnete die Tür und verabschiedete sich. „Wenn Sie mich noch brauchen sollten – ich bin nebenan im Lehrerzimmer."

Er hob die Hand und ging.

Einer der Polizisten behielt die Klinke in der Hand und wandte sich an die Schüler.

„Einer nach dem anderen, okay? Wer will zuerst?"

Die Schüler sahen sich fragend an. Vince stand auf und machte den Anfang.

Vince

„Zuletzt habe ich Felix am Samstag bei meiner Party gesehen. Da waren übrigens alle, also alle aus der Crew.

Eine Gang? Ne, quatsch, wir hängen einfach zusammen in der Pause ab. Manchmal treffen wir uns auch außerhalb der Schule, aber nicht so oft. Nachmittags hat ja meistens jeder etwas anderes zu tun. Felix hatte eh nie Zeit, weil er fast jeden Tag zum Schwimmtraining geht. Der ist ziemlich gut, gewinnt ganz schön viele Wettkämpfe. Cooler Typ.

Irgendwie anders? Hm, in der letzten Zeit war er tatsächlich irgendwie komisch drauf. Wollte plötzlich lernen, wie man Zigaretten dreht und hatte manchmal Wutausbrüche. Das war tatsächlich ungewöhnlich, so war er nämlich vorher nie.

Keine Ahnung, ob er Sorgen hatte! Was für Sorgen? Der war ziemlich verschlossen seit einiger Zeit. Ich glaube, am Samstag bei meiner Party hat er kein einziges Wort gesagt. Dafür war er am Ende ziemlich hacke. Einar und Pufu mussten ihn nach Hause bringen.“

Einar

„Felix ist okay, ein guter Typ und ein super Sportler. Aber er hat nicht nur seine Siege und Muskeln im Kopf, sondern kann auch andere Sachen, zeichnen zum Beispiel, oder Gedichte schreiben. Ich glaube, er fand es doof, immer nur allein mit seiner Mutter zu sein. Keine Ahnung, er hat nicht darüber gesprochen, aber es kam mir manchmal so vor. Ne, Streit hatten wir nicht.“

Marius

„Tja, was soll ich sagen? Was ist mir aufgefallen? Ich hatte manchmal das Gefühl, dass er mich komisch von der Seite anschaut, als hätte ich etwas an mir, das ihm nicht gefällt. Aber das war nicht neu. Ich fand ihn ein bisschen arrogant, bildete sich wohl was ein, weil er so ein guter Schwimmer ist. Aber sonst. Na ja, vielleicht war er in der letzten Zeit stiller als üblich. Er kam öfter mal zu spät zur Schule und war eher wortkarg. Er mochte es nicht, wenn ihm einer zu nahe kam.“

Hamid

„Felix? Das war der Einzige, der mich jemals in Weilersdorf besucht hat. War zwar nur Zufall, aber immerhin. Irgendwie hab ich ihn dann aber verärgert und er ist einfach davongerannt. Das war schon krass, wie wütend er plötzlich war. Dabei ist er sonst doch so ein friedlicher Mensch, der gut zuhören kann und wenig Vorurteile hat. Auf die Party am Samstag kam er sehr spät und hat sich dann voll die Kante gegeben.“

Alva

„Wie gut kenne ich den Felix? Das ist echt eine gute Frage! Ich bin erst seit einem halben Jahr in der Klasse, aber wir haben uns von Anfang an gut verstanden. Vieles ist so selbstverständlich mit ihm. Er ist eher einer von den friedlichen Menschen, aber nicht wirklich so ein fröhlicher Typ, sondern eher ernst, aber offen und freundlich. Also er fällt nicht schnell ein Urteil über jemanden. Er ist jemand, dem man vertrauen kann. Trotzdem war es nicht so ganz leicht, wirklich an ihn ranzukommen. Er spricht nicht gerne über Sachen, die ihn vielleicht bedrücken. Die ganze Zeit hatte ich den Eindruck, dass irgendeine Traurigkeit in ihm steckt. In der letzten Zeit war er manchmal sehr abwesend, aber wenn ich an unseren Ausritt am See denke, da schien er mir richtig glücklich zu sein. Auf der Party am Samstag dagegen war er wie eingemauert. Wir haben kein Wort miteinander geredet. Nein, er hat nie gesagt, dass er abhauen will.“

Pufu

„Ich frage mich schon die ganze Zeit, was mit Felix eigentlich los ist. Der war auf einmal so komisch und kam mich auch nicht mehr besuchen. Auf dem Handy war er nie mehr zu erreichen, hat immer gesagt, er müsste es aufladen oder sowas. Hat er aber nicht gemacht. Zuerst hab ich gedacht, er ist einfach schlecht drauf, hat vielleicht Ärger zu Hause oder sowas. Geredet haben wir nicht darüber. Vor einigen Tagen beim Joggen, da ist wirklich etwas Merkwürdiges passiert. Plötzlich hat Felix sich auf eine Wurzel gestürzt und ist voll ausgerastet, hat auf sie eingeschlagen, als wäre er nicht bei Sinnen. Bevor ich ihn etwas fragen konnte, ist er abgehauen.

109

Alva stellte das Abendbrot schon auf den Tisch. Ihre Eltern waren zwar noch gar nicht zu Hause, aber sie konnte einfach nicht still sitzen. Sie hatte Angst. Angst, die in ihrem Bauch rumorte wie ein Motor, der sich nicht abstellen ließ. Wo war Pontos? Und wo war Felix? Ununterbrochen kreisten ihre Gedanken um diese beiden Fragen. Seit drei Tagen war sie jeden Nachmittag um den See herum gelaufen und hatte nach Pontos gesucht. Hatte Zettel mit seinem Bild an den Bäumen aufgehängt, auf denen stand: Wer hat Pontos gesehen? Aber niemand hatte sich bisher gemeldet. Zu Hause war ein lautstarker Streit ausgebrochen, als ihre Mutter dem Vater vorgeworfen hatte, mal wieder viel zu vertrauensselig gewesen zu sein.

„Ich habe dir immer gesagt, dass dieses Pferd nicht einfach dort unbewacht auf der Koppel stehen kann", hatte sie lautstark geschimpft. Aber wer stahl ein Pferd? Das konnte man doch nicht einfach zu Hause in der Garage verstecken!

Alva setzte sich aufs rote Sofa und versuchte in einer Zeitung zu lesen, doch sie sprang nach einer Minute wieder auf, ging zum Fenster und schaute in den Garten. Plötzlich stutzte sie. Wieso saß Julius da hinten an der Hecke, hingefläzt auf dem alten Gartenstuhl und den Kopf in einer Hand vergraben? Er war den ganzen Nachmittag nicht zu Hause gewesen, obwohl er eigentlich weiter am Teich arbeiten wollte, der längst noch nicht fertig war.

Sie ging nach draußen.

„Hey, Juli, was ist los? Wo warst du die ganze Zeit?"

Julius richtete sich auf. Er sah kurz seine Schwester an, dann schaute er in den Garten.

„Ich war bei der Polizei."

„Wegen Pontos? Gibt es Neuigkeiten?"

„Nein. Wegen Felix."

Alva verstand überhaupt nichts mehr.

„Wegen Felix?“ Sie runzelte die Stirn. „Aber du bist ihm doch nur ein einziges Mal begegnet!“

Julius rutschte unruhig auf dem wackeligen Stuhl hin und her, hielt den Blick gesenkt und schaute auf seine Knie.

„Aber ich war auch mal in diesem Schwimmverein, kannst du dich noch erinnern?“

Alva holte sich einen zweiten Gartenstuhl heran und setzte sich ihrem Bruder gegenüber.

„Ja, und?“

Julius zögerte.

„Da war der Weller auch schon der Trainer.“

Durch Alvas Gehirn ratterten die Gedanken, aber sie verstand immer noch nicht.

„Komm, jetzt lass dir nicht alles aus der Nase ziehen! Was soll das bedeuten?“

Julius wand sich, er suchte nach Worten, nach dieser langen Zeit immer noch.

„Er hat mich angefasst.“

Alva schaute ihn verständnislos an.

„Er hat mir seinen Pimmel in die Hand gedrückt. Nicht nur einmal.“

Sie verbarg das Gesicht in ihren Händen und schüttelte den Kopf.

„Das kann doch nicht wahr sein!“ Fassungslos sah sie ihn nun an.

Dann schossen ihr die Tränen in die Augen, sie stand auf, umarmte Julius’ Kopf und Schultern und weinte in sein Haar.

„Mein lieber, lieber, armer Bruder!“

Nachdem sie eine Weile so zusammengeknäuelt dort beieinandergesessen hatten, lösten sie sich und Alva setzte sich wieder, behielt aber eine Hand des Bruders in ihren Händen.

„Ich kann mich nicht erinnern, dass wir jemals darüber gesprochen hätten, warum du damals plötzlich nicht mehr zum Schwimmen gegangen bist“, sagte sie.

„Ist ja auch ein verdammt blödes Thema! Mama und Papa wussten natürlich Bescheid und die haben den Weller auch zur Rede gestellt, aber er hat alles abgestritten. Hat gesagt, das alles wäre ein großes Missverständnis und so.“

„Und bei der Polizei wart ihr nicht?“

Julius schüttelte den Kopf.

„Mama und Papa haben mich sofort aus dem Verein genommen und damit war die Sache gegessen.“

Alva konnte das alles immer noch nicht glauben.

„Aber du hättest mir das doch irgendwann mal erzählen können!“

Julius sah seine Schwester an.

„Meinst du etwa, das wäre ein Thema einfach so nebenher, beim Abendessen oder so? Ehrlich gesagt, ich war doch froh, wenn nicht darüber geredet wurde.“

Bei aller Fassungslosigkeit spürte Alva, wie sie langsam wütend wurde.

„Aber habt ihr denn gar nicht an all die anderen Kinder gedacht, die doch weiter im Schwimmverein waren?“

Wieder begann sie zu schluchzen. Sie dachte an Felix und daran, was er vielleicht die ganze Zeit schweigend mit sich herumgetragen hatte. Wie einsam musste er sein, wie schrecklich einsam. Plötzlich wünschte sie sich inständig, dass Pontos bei ihm war.

110

Der Anruf von Opa Wolf kam am Donnerstag gegen fünf Uhr nachmittags. Felix' Mutter hatte seit zwei Tagen nichts gegessen und war auch nicht bei der Arbeit gewesen.

„Magdalena, Felix ist bei uns! Gerade angekommen, müde und dreckig, aber gesund. Oma hat gerade die verblühten Osterglocken im Vorgarten abgeschnitten, als er auf diesem schönen Pferd die Dorfstraße entlanggeritten kam – was für ein Anblick! Ich dachte für einen Augenblick, ich sehe durch die Zeit hindurch fünfundsiebzig Jahre zurück auf mich selbst."

Felix' Mutter war sich nicht sicher, ob sie wirklich verstanden hatte, was ihr Vater gesagt hatte.

„Pferd? Wieso Pferd? Kann ich ihn sprechen?"

„Nein, lass ihn erst mal. Gib ihm ein paar Tage Zeit. Felix muss sich jetzt ausruhen, dann meldet er sich schon. Sei fürs Erste einmal beruhigt, dass es ihm gut geht."

111

Das Fenster steht weit offen. Der Geruch des Waldes erfüllt das ganze Zimmer. Eine ungeheure Ruhe hat sich in mir ausgebreitet. Nicht nur, weil ich so müde bin.

Ich glaube, ich verstehe jetzt, warum Opa diesen Geruch so liebt. Er hat ihm Hoffnung gegeben, als er Angst hatte, den nächsten Tag nicht zu überleben. Die Bäume stehen so unbeirrbar aufrecht, auch wenn sie krumm sind, sie können gar nicht anders. Ich weiß auch nicht wieso, aber irgendwie machen sie einem Mut.

Opa liegt neben mir und schnarcht. Vorher hat er meine Hand genommen und gesagt: „Natürlich glaube ich dir!"

112

Als Alva am Freitagmorgen die Schule erreichte, standen die anderen schon am Tor zum Schulhof beisammen. Sie umarmte Vince und merkte, dass ihr wieder zum Weinen zumute war.

„Mein Gott, ich bin so froh“, sagte sie und drückte Vince, der einen Kopf kleiner war, ganz fest.

„Ich auch“, murmelte Hamid, der danebenstand.

„Gut, dass es vorbei ist“, meinte Einar und atmete tief aus.

Pufu hob beide Arme und ließ sie wieder fallen.

„Warum hat er bloß nichts gesagt?!“

„Ich hätte dem Typ eins in die Fresse gehauen“, ereiferte sich Marius.

„Ach, ja?“ Alva sah ihn wütend an.

„Ich glaube, wir hätten ihn einfach mal ein bisschen mehr fragen sollen, was eigentlich los ist“, sagte Vince. „Ein Sportler, der plötzlich anfängt, Zigaretten zu drehen!“ Er schüttelte den Kopf. Alle sahen mehr oder weniger betreten vor sich hin und wussten nicht, was sie sagen sollten.

In diesem Moment betrat Juri den Schulhof und blieb bei ihnen stehen.

„Ich hab’s euch doch gesagt“, rief er fröhlich, „Felix ist nicht nach Amerika gefahren. Er hat nur nicht immer Lust auf zu Hause.“

113

Folgende Meldung war eine Woche später im Lokalteil der Tageszeitung zu lesen: *Missbrauchsvorwürfe gegen Schwimmtrainer – Klaus W., der langjährige Trainer der Kinder- und Jugendmannschaften des SC-Bleimershagen, ist vom Vorstand des Vereins mit sofortiger Wirkung freigestellt worden. Zuletzt waren von verschiedenen Seiten Vorwürfe wegen sexueller Übergriffe gegen ihn erhoben worden. Die Polizei hat weitere Ermittlungen aufgenommen.*

114

Als Einar am Mittwoch in der zweiten Pause in die Raucherecke kam, waren die anderen schon da. Er schwenkte beim Näherkommen ein Blatt Papier in der Luft und strahlte.

„Genehmigt!“, rief er. In der Raucherecke brach lauter Jubel los.

„Der Direktor war voll begeistert. Felix’ Zeichnung hat ihn total überzeugt. Und dass wir alles in Eigenregie machen wollen, natürlich auch.“

Marius klopfte Vince auf die Schulter, als hätte der das ganz allein vollbracht.

„Na, endlich!“

Alvas Begeisterung hielt sich in Grenzen. „Er hat sich ja ganz schön Zeit gelassen mit seiner Entscheidung.“

„Hauptsache, es hat geklappt. Und wir sollen uns melden, wenn wir zum Beispiel Geld für Blumen oder Sträucher brauchen, die wir pflanzen wollen. Für solche Verschönerungsaktionen kann die Schule Geld zur Verfügung stellen.“

„Schade!“

„Alva? Wieso freust du dich überhaupt nicht?“

„Ach, ich freue mich ja, aber das alles ohne Felix zu machen, ist komisch. Findet ihr nicht?“

Eine kleine Pause entstand, dann sagte Hamid: „Aber irgendwie ist er ja trotzdem dabei, auch wenn er nicht da ist. Oder?“

„Und wir schicken ihm Fotos!“

„Ja, von jedem einzelnen Spatenstich“, rief Vince und lachte.

„Vielleicht ist er ja auch ganz froh, dass ihm diese Arbeit erspart bleibt“, warf Marius ein.

Vince stieß ihn in die Seite.

„Ich finde, du solltest seinen Anteil übernehmen!“

115

Die Großeltern hatten sich für ihre Mittagsruhe in den Garten unter die Bäume verzogen. Felix sah sie durchs Wohnzimmerfenster dort liegen und holte den Brief hervor, der schon seit einer Stunde in seiner Hosentasche steckte und wie Feuer brannte. Er betrachtete ihn von allen Seiten, besah sich die steilen Buchstaben auf der Vorder- und der Rückseite. Grüne Tinte! Wer hatte ihr seine Adresse gegeben?

Das Herz klopfte ihm bis zum Hals und er malte sich alle schrecklichen Vorwürfe aus, die sie ihm machen würde. Sollte er das wirklich alles lesen? Gleichzeitig konnte er es kaum abwarten, den Umschlag zu öffnen. Hatte sie nicht irgendwann einmal gesagt, dass alles auch eine andere Seite hatte? Er nahm das Messer und schnitt die Papierkante auf.

116

Lieber Felix,

einen Brief hast du schon lange nicht mehr bekommen, stimmt's? Ist ja auch so was von oldschool! Aber manchmal die einzige Möglichkeit.

Ich hoffe, du findest es nicht doof, dass ich dir schreibe. Es geht einfach nicht anders, ich *muss* dir schreiben! Das Schweigen darf nicht weitergehen. Deine Mutter hat mir die Adresse gegeben.

Wir sind alle ziemlich geschockt. Am meisten darüber, dass du dich so lange mit all dem gequält hast. Wie hast du das nur ausgehalten?

Ich bin sehr froh, dass du Pontos mitgenommen hast. Da warst du wenigstens nicht ganz allein. Mach dir übrigens keine Sorgen, niemand ist wegen Pontos sauer auf dich. Papas Pferdetherapie hatte sowieso noch nicht angefangen. Und ich finde es besser, dass er bei dir ist. Du hast vielleicht gerade mehr Zeit für ihn als ich.

Ich hatte so große Angst um dich. Kann man sich für Blindheit entschuldigen? Ich weiß es nicht, aber wenn ja, dann möchte ich es gerne tun. Andererseits: Man kann einem ja nicht in den Kopf schauen! Meisten ist das ja ziemlich gut, aber manchmal auch saublöd.

Eigentlich wollte ich dir nur sagen, dass wir es alle supergut finden, dass dieser Schwimmtrainer jetzt ins Gefängnis kommt. Das wird er doch, oder? Weißt du eigentlich, dass es Julius war, der die Polizei auf seine Spur gebracht hat? Er kannte ihn nämlich von früher. Das kann er dir ja später einmal erzählen.

Jetzt erhol dich erst mal! Ich stelle mir vor, dass du jeden Tag im Garten sitzt oder im Wald spazieren gehst. Man kann ja nicht immer nur Holz hacken. ☺

Wir freuen uns jedenfalls alle, wenn du wieder bei uns bist! Mit der Hängematte geht es super voran. Die Einweihung wird aber nicht ohne dich stattfinden!

Mach's gut und herzliche Grüße

Alva

117

Das ist ja mal wieder typisch Alva! Sie ist wirklich eine Spezialistin im Um-die-Ecke-Denken. Als wäre das ihre Schuld, nicht gründlich genug gefragt zu haben! Wenn das Schattenmonster mir die Luft abdrückt, dann ist es eben unmöglich zu reden. Sie hatte Angst um mich? Ich kann das kaum glauben. Um mich! Jetzt habe ich ihren Brief schon dreimal gelesen und mag immer noch nicht damit aufhören. Es fühlt sich so gut an, solche Freunde zu haben. Auch wenn man dafür im Blumenviertel wohnt.

Oma und Opa sind noch beim Mittagsschlaf, ich könnte mal versuchen, ihr zu antworten.

Liebe Alva,

es ist toll, einen Brief zu bekommen! Erst recht so einen wie den von dir.

Ich wollte euch keine Sorgen machen, das weißt du vielleicht. Aber ich musste einfach weg. Danke, dass du nicht sauer bist wegen Pontos. Alle lieben ihn hier in Mutscheid. Manchmal kommen nachmittags die Kinder aus dem Dorf und wollen auf ihm reiten. Dann drehen wir eine Runde am Waldrand vorbei und ich glaube, es gefällt ihm. Ansonsten habe ich wenig Zeit, um im Garten zu sitzen. Bis zu den Sommerferien gehe ich in der Stadt in der Nähe zur Schule, damit ich nicht so viel verpasse. Einmal in der Woche gehe ich außerdem zu einem Therapeuten (aber ohne Pontos). Dein Vater hat recht, Psychologen sind nicht nur was für Verrückte! Außerdem wohnt seit einiger Zeit eine Künstlerin hier im Dorf und ich helfe ihr, Buchstaben auszusägen oder anzumalen, die sie für ihre Kunstwerke braucht. Jede Woche steckt sie einen neuen Satz auf ihren Zaun. Seit gestern steht da: Wie viel Raum braucht dein Traum?

Vielleicht hast du Lust, mich mal zu besuchen? Ich habe nämlich jetzt eine Idee für das Spiegel-Thema. Könnte sein, dass ich dafür deine Hilfe brauche.

Herzliche Grüße bitte an alle in der Hängematte und überhaupt.

Felix

P.S. Hier im Dorf gibt es einen Nachbarn, der einen Pferdeanhänger besitzt. Er kann euch Pontos nächste Woche zurückbringen.

118

Er hängte die Lampions zwischen die Bäume im Garten, dann waren tatsächlich alle Vorbereitungen für Opa Wolfs hundertsten Geburtstag fertig. Jeder im Dorf hatte mindestens einen Tisch in den Garten von Oma Grete und Opa Wolf geschleppt, die nun in einem großen Viereck auf dem Rasen standen. Die weißen Tischdecken würden sie morgen früh noch darauflegen. Mama kam die Kellertreppe hinauf und setzte sich zu Felix auf einen der Stühle. Sie hatte hundert kleine Vasen mit Blumen geschmückt, die jetzt neben den eingemachten Gurken und der Marmelade vom letzten Jahr auf ihren Einsatz warteten. Im Keller war es schön kühl und sie blieben frisch.

„Sieht super aus", sagte sie, „das mit den Lampions war eine gute Idee von dir. Wird sicher ein toller Tag morgen. Ich hoffe nur, wie halten alle gut durch. Ich bin sowas von erledigt! Du nicht?"

Sie ließ sich neben Felix auf einen der Stühle fallen, die im Garten standen.

„Hier", sagte sie und reichte ihm einen Umschlag. „Soll ich dir geben."

Sie stand schwerfällig wieder auf. „Ich gehe mal duschen, bis gleich."

Schon wieder ein Brief!

Felix betrachtete seinen Namen auf dem Umschlag. Adressiert war er in den Magnolienweg.

Auf der Rückseite stand: K.-J. Dahlmeier.

Lieber Felix,

im Namen der Lehrer, aber vor allem in meinem eigenen Namen, schreibe ich dir und hoffe zunächst und an erster Stelle, dass es dir gut geht nach all dem, für das man so schwer Worte findet! Es gibt heute zum Glück Worte dafür, aber auch sie kommen einem nicht so leicht über die Lippen. Mit Begriffen wie sexueller Übergriff oder sexualisierte Gewalt ist doch immer sofort eine Peinlichkeit verbunden. Über Sex reden wir ja auch sonst nicht gerne und es ist normalerweise auch gar nicht nötig, denn schließlich handelt es sich um etwas äußerst Privates. Aber über Gewalt und Übergriffe *muss* man reden, auch wenn es schwer ist.

Niemand will gerne „Opfer" sein, und schon gar nicht das Opfer eines Menschen, der dein Vertrauen missbraucht und dich zu Handlungen gezwungen hat, die du aus freien Stücken nicht begangen hättest.

Damit etwas heilen kann, ist das Reden über das Geschehene unglaublich wichtig. Aber das weißt du sicher schon längst selbst. Es ist nicht nur für dich wichtig, sondern auch für die anderen, damit sie wissen, wo Vorsicht geboten ist, und um sie zu ermutigen, genau hinzuschauen und sich zu wehren.

Ich möchte dir aber *noch* etwas sagen, denn ich weiß, dass dieses Gefühl immer wieder auftaucht: Du hast keine Schuld. Wenn du Zweifel daran hast, sag es dir einfach immer wieder, bis es zu dir durchdringt: Du hast keine Schuld!

Damit wünsche ich dir nun weiter gute Erholung.

Ich freue mich, wenn du an unsere Schule zurückkehrst.

Alles Gute und herzliche Grüße

dein Lehrer Karl-Josef Dahlmeier

119

Der Zug hat Verspätung. Wieder stehen wir auf freier Strecke. Es gibt eine Signalstörung, sagt die Stimme in der Durchsage. Langsame Annäherung. Eigentlich wollte Mama mich mit dem Auto abholen, aber sie muss arbeiten. Das ist nicht schlimm. Ich wollte sowieso lieber allein zurückkommen. Bin ja auch allein hin. Immer wieder sehe ich vor mir, wie Opa Wolf an seinem hundertsten Geburtstag aufstand und sein Glas hob. All die vielen Gäste im Garten hörten auf zu sprechen und warteten, was er sagen würde. Wie zitterte seine Hand! Ich dachte schon, er würde den ganzen Wein verschütten. Aber als er anfing zu sprechen, achtete niemand mehr darauf. Er bedankte sich und sagte: „Wie kann man nur so alt werden! Ich weiß nicht, ob es ein Glück oder eine Strafe ist. Im Laufe meines langen Lebens hab ich öfter mal gedacht: Jetzt bin ich am Ende. Jetzt will ich nicht mehr. Aber dann ging es doch wieder weiter und es wurde sogar wieder richtig gut. Verrückt, nicht wahr! Das Leben ist schrecklich, verrückt und schön. Vor allem aber ist es das Einzige, das wir haben. Von daher lohnt sich das Aushalten und das Weitermachen, denn irgendwo wartet das Glück schon darauf, hervorkommen zu dürfen. Und wenn ich den heutigen Tag und euch so anschaue, dann ist das auf jeden Fall einer der sehr glücklichen Momente. Danke euch allen und besonders …" Dann musste ich weinen, was aber im Applaus der vielen Gäste niemand bemerkte. Außerdem ging es Mama genauso. Ich glaube, wir haben in diesem Augenblick beide gedacht: Hoffentlich bleibt Opa noch lange da! Ich werde diesen hundertsten Geburtstag jedenfalls nie vergessen. Aber ich kann nicht für immer bei Oma und Opa bleiben, das ist auch klar. Die Hängematten-Crew fehlt mir und Juri auch. Ich freue mich auf Dahlmeier und ja, auch auf Mama. Einmal in der Woche ist sie nach Mutscheid gekommen und hat mich besucht. Am Anfang war sie sehr verzweifelt und hat sich schlimme Vorwürfe gemacht. Dass sie das gar nicht ernst genommen hat, dass ich nicht mehr schwimmen gehen wollte und so. Sie ist dann auch mal mitgegangen zu diesem Psychologen. Das war gut. Auch wegen Papa, der einfach so verschwunden ist. „Blinde Flecken", die einem das Leben versauen können, hat das der Psycho-Doc genannt.

Jetzt fährt der Zug endlich weiter! Es kommt mir vor, als wäre ich nicht zwei Monate, sondern zwei Jahre weggewesen. Ich freue mich auf zu Hause, auch wenn da alles, was passiert ist, wieder ganz nah ist. Ehrlich gesagt, habe ich ein bisschen Angst, dass das

Monster sich immer noch irgendwo bei uns im Haus in einer Fußbodenritze versteckt. Wenn es in den vergangenen Wochen überhaupt noch mal aufgetaucht ist, habe ich es nur wie durch einen Nebel gesehen. Ich hoffe, es bleibt dort oder taucht am besten gar nicht mehr auf. Ob das möglich ist?

Jetzt fährt der Zug in den Bahnhof ein. Ich weiß überhaupt nicht, ob mich jemand abholen kommt. Wahrscheinlich wartet eh keiner, bei dieser Verspätung. Oder? Nein! Ich glaub's nicht. Sie sind tatsächlich alle gekommen. Vince und Marius, Einar und Pufu natürlich. Hamid umarmt mich richtig lange und Alva, die unvergleichliche Alva, strahlt wie eine Sonne. Ich muss schlucken.

„Mensch, dass ihr alle gekommen seid!"

Marius nimmt mir meinen Rucksack ab.

„Und dass wir auch noch so lange gewartet haben! Kannst du voll stolz drauf sein."

„Aber meinen Rucksack kann ich doch selbst tragen."

„Ne, lass mal, Alter. Gut, dass du da bist!"

120

Felix und Juri standen seitlich der Bühne in der vollbesetzten Aula und warteten, dass der Applaus für ihre Vorgänger sich legte und sie endlich beginnen konnten. Die beiden waren die Letzten, die ihre kleine Szene vorführten. Ein Blick noch zu Pufu am Overheadprojektor. Das uralte Ding hatten sie im Keller der Schule vor der Verschrottung gerettet. Es war genau das, was sie für ihre Aufführung brauchten. Pufu hob den Daumen: Alles in Ordnung.

Felix half Juri, den kugelrunden Astronautenhelm aufzusetzen, den sie aus Pappmaché angefertigt hatten. Dann stülpte er seinen eigenen über den Schädel. Vor dem Gesicht war ein ovales Stück herausgeschnitten, sodass man hinausschauen konnte. In den Skianzügen, in denen sie steckten, war es unglaublich warm. Felix dachte noch: Hoffentlich halte ich das durch, da setzte auch schon die Musik ein: John Williams, Star Wars Suite. Felix und Juri torkelten auf die Bühne, als hätten sie gerade ihr Raumschiff verlassen und würden die ersten Schritte in der Schwerelosigkeit machen. Das war ungefähr Tempo zwei auf Zehenspitzen und mit kleinen Hüpfern zwischen den Schritten. Sie pflückten silberne Mondblumen, die die Bühnenhelfer am Rand aufgestellt hatten, und achteten nicht darauf, was sich hinter ihrem Rücken tat. Als die beiden sich umwandten, stand plötzlich der große ovale Spiegel da, der in jeder Szene seinen festen Platz hatte. Ein goldener Rand auf Rollen, der aussah wie Omas Frisierspiegel, den man auf Übergröße gebracht hatte. Das Spiegelglas darin musste man sich denken.

Felix und Juri kamen erschrocken näher und besahen sich das Ding genauer. Sie betasteten den Spiegel von allen Seiten, verstanden nach einer Weile, dass es sich um einen Spiegel handelte, und bewegten sich synchron davor. Dann setzte die Musik, die leiser gestellt worden war, auf einmal wieder in voller Lautstärke ein, und zwar an der Stelle, an der die Bläser zusammen mit der Pauke sehr dramatisch wurden. Die Astronauten erschraken. Das war Pufus Einsatz. An der Wand hinter dem Spiegel tauchte ein riesengroßes schwarzes Ungeheuer auf, das wie King Kong die Arme hob und die beiden verschlingen wollte. Felix und Juri hockten sich angsterfüllt zusammen auf den Boden und schienen nicht mehr weiter zu wissen. Da reckte der Kleinere von ihnen plötzlich einen Arm in die Höhe und hatte eine Idee. Er kletterte auf Felix Schultern und hielt sich an seinem Helm fest. Jetzt kam der heikle Moment, in dem Felix aufstehen musste und Juri nicht von seinen Schultern fallen durfte. Im ersten Moment wackelte dieser Doppelpack ganz schön, doch sie schafften es, sicher und gerade zu stehen. Die beiden Astronauten waren nun fast genauso groß wie das Monster, sie bewegten sich näher und näher auf den Spiegel zu. In gleichem Maße wurde das Ungeheuer immer kleiner. Sie traten durch den Spiegel auf die andere Seite und liefen zur Wand, bis der schwarze Schatten dort völlig verschwunden war. Felix ging ein bisschen in die Knie, damit Juri von seinen Schultern springen konnte, sie fassten einander an den Händen und liefen schwerelos zum Bühnenrand. Die Lehrer, Eltern und Schüler im Publikum pfiffen und johlten und klatschten, bis ihnen die Hände wehtaten.

Als Felix im Saal neben der Bühne seinen Astronautenhelm und den Skianzug abgelegt hatte, stand plötzlich Alva neben ihm.

„Kommst du noch mit zu uns in den Garten?“, fragte sie. „Wir haben eine kleine Party vorbereitet. Julius will endlich sein hochalpines Steinbeet einweihen und außerdem gibt’s ja auch noch einige andere Dinge zu feiern.“ Sie zwinkerte. „Die Crew kommt auch. Und wenn deine Mutter Lust hat – kein Problem!“

Felix gab sich einen Ruck. Vorsichtig umarmte er Alva und als er spürte, dass sie die Umarmung erwiderte, ließ er sie ein paar Sekunden nicht los. Sie kamen ihm endlos vor. Dann löste er sich, nahm seinen Rucksack und lächelte.

„Okay, dann lass uns gehen.“

Nachwort

Der Name Felix bedeutet: der Glückliche. Schon römische Kaiser haben sich so genannt, quasi als gutes Omen für eine erfolgreiche Herrschaft. Aber ein Name ist noch kein Garant dafür, dass jemand auch wirklich glücklich ist. Das erlebt auch Felix in meinem Buch. Ich habe ihn mir ausgedacht, und doch hat er Ähnlichkeit mit vielen Jungen und Mädchen, die seine Erfahrungen im wirklichen Leben teilen.

Laut Statistik werden in Österreich jedes Jahr etwa 2.000 Kinder und Jugendliche Opfer sexueller Gewalt. In der Schweiz sind es um die 1.000 und in Deutschland 14.500 Kinder und Jugendliche. Dabei handelt es sich nur um die bei Ärzten und Krankenhäusern bekannt gewordenen oder bei der Polizei angezeigten Fälle. Die Dunkelziffer dürfte um einiges höher liegen. Betroffen sind sowohl Mädchen als auch Jungen. Von den aufsehenerregenden Fällen, bei denen viele und besonders junge Kinder betroffen sind, erfahren wir in den Medien. Dabei geht es oft nur um die Täter und diejenigen, die daran mitgewirkt haben, dass der Missbrauch lange unentdeckt bleiben konnte. Wie es den Opfern geht, welche Auswirkungen ein Missbrauch auf ihr aktuelles und weiteres Leben hat, darum geht es eher selten. Ich glaube aber, dass diese Opferperspektive enorm wichtig ist, wenn man verstehen will, was sexualisierte Gewalt mit einem Menschen anrichtet. Deshalb habe ich dieses Buch geschrieben. Es soll dazu ermutigen, genauer hinzuschauen, wenn ein Schüler und Mitschüler, ein Nachbarskind oder ein Kumpel im Sportverein sich plötzlich anders verhält als üblich. Wenn jemand sich auf einmal zurückzieht, keine Freude mehr an etwas hat oder beim geringsten Anlass ausflippt und aggressiv wird, dann sind das deutliche Anzeichen dafür, dass etwas ganz und gar nicht in Ordnung ist. Vorsichtiges Nachfragen, möglicherweise immer wieder, offen bleiben für ein Gespräch, auch wenn der Betroffene das ablehnt, andere Freunde oder Erwachsene darauf aufmerksam machen – das sollte man dann unbedingt tun. Wenn es tatsächlich „nur" die Pubertät ist, die das Leben durcheinanderbringt – okay. Aber sie darf nicht als Entschuldigung dafür dienen, dass man sich nicht weiter um die Angelegenheit kümmert. Leider passiert das viel zu oft. Denn es ist klar: Über sehr persönliche Dinge zu sprechen ist schwer, erst recht, wenn es um Sexualität und Gewalt geht.

Aber was macht jemand, der Gewalt oder sexualisierte Gewalt erlebt hat, mit der Angst, die ihn nicht mehr verlässt, und den Bildern im Kopf? Lehrer Dahlmeier schreibt es am Ende dieser Geschichte in seinem Brief an Felix: „Damit etwas heilen kann, ist das Reden über das Geschehene unglaublich wichtig." Doch gleichzeitig ist das manchmal auch das Schwierigste.

Vielen Betroffenen ist das Thema peinlich und sie fühlen sich sogar mitschuldig an dem, was sie erlebt haben. In vielen Fällen werden sie zusätzlich vom Täter bedroht und zum Schweigen gezwungen, was sie noch einmal mehr unter Druck setzt.

Wie kann man trotzdem weiterleben, ohne unter der Last des Erlebten zusammenzubrechen? Wir Menschen verfügen über einen Mechanismus, der uns hilft, mit sehr unangenehmen oder traumatischen Erlebnissen für eine Weile fertig zu werden: Wir verdrängen sie, stecken sie in den hintersten Winkel unseres Bewusstseins und schaffen es so, unseren Alltag einigermaßen unauffällig hinzubekommen, zur Schule zu gehen, Gespräche zu führen und so zu tun, als wäre alles in Ordnung. Das ist ein Schutzmechanismus, der das Erlebte allerdings niemals heilt. Felix verdrängt das, was der Schwimmlehrer mit ihm gemacht hat, und doch kommt es immer wieder als Monster zu ihm zurück und drückt ihm die Luft ab. Die Erinnerung an das Geschehene ist eine Qual für ihn, die er erst loswerden kann, wenn er darüber redet und professionelle Hilfe bekommt. Die Erinnerung wird wahrscheinlich trotzdem nie ganz verschwinden, aber er wird lernen, damit umzugehen.

Eine Missbrauchserfahrung ist keine Kleinigkeit, sondern ein einschneidendes Erlebnis, das die Betroffenen ihr Leben lang begleitet. Deshalb ist es wichtig, alle Hilfe und Unterstützung anzubieten, die möglich ist.

Wer sich weiter über das Thema informieren möchte oder selbst Rat sucht, kann sich an folgende Stellen wenden:

Der österreichweite Notruf für Kinder, Jugendliche und deren Bezugspersonen ist unter der Kurzwahlnummer „147" aus ganz Österreich ohne Vorwahl zum Nulltarif erreichbar.

Unter der Adresse https://www.gewaltinfo.at/ findet man in Österreich ein Verzeichnis der einzelnen regionalen und überregionalen Beratungsstellen.

https://tamar.at/ ist eine Anlaufstelle speziell für Frauen, Mädchen und Kinder.

Das „Wiener Netzwerk" bietet Hilfen für Kinder, Jugendliche und Erwachsene unter http://www.wienernetzwerk.at/.

In Deutschland ist das Hilfetelefon Sexueller Missbrauch des Bundesministeriums für Familie, Senioren, Frauen und Jugend kostenfrei und anonym unter der Nummer 0800 22 55 530 erreichbar.

Daneben gibt es auch verschiedene Vereine, an die man sich wenden kann. Sie beraten und bieten Präventionsprogramme, z.B. https://nina-info.de/ oder www.zartbitter.de

In der Schweiz kann man sich hier informieren und beraten lassen:
https://www.kinderschutz.ch/sexuelle-gewalt
http://stiftung-gegen-gewalt.ch/wsp/de/fachstellen/lantana-bern/
https://www.lilli.ch/beratung_fur_madchen_und_frauen_die_gewalt_erlebt_haben

Was sonst noch erwähnenswert ist:

Die Liste der Kommissare, Spione und Agenten gibt es tatsächlich. Es handelt sich um Figuren, die in der Literatur vorkommen und man findet sie hier:
https://de.wikipedia.org/wiki/Liste_literarischer_Detektive_und_Ermittler

Die persischen Instrumente, die Hamid spielt, sind: Die, der oder auch das Santur, die zwar aussieht wie eine Zither, aber nicht gezupft, sondern mit Holzschlägeln angeschlagen wird und deshalb zur Familie der Hackbretter gehört. Die Stachelgeige hat den Namen Kamantsche und das große Tambourin ist eine Rahmentrommel, die Daira oder Daff genannt wird.

Die Künstlerin, die das Leben mit interessanten Fragen aufmischt und sie mit Holzbuchstaben auf Zäune steckt oder auf Glasfenster klebt, heißt Rita Frind und lebt in Köln.

Bleibt mir noch Dank zu sagen an Stephan und Carmen für ihre Unterstützung und guten Ratschläge, und an Magdalena, die eine Theater AG an ihrer Schule leitet und das Spiegel-Thema schon einmal mit ihren Schülern erarbeitet hat.

Brigitte Jünger
Köln, im Mai 2021